师说

痴玩雅趣

沈从文◎等著

国际文化出版公司
·北京·

图书在版编目（CIP）数据

师说：痴玩雅趣 / 沈从文等著. —北京：国际文化出版公司，2016.4
　ISBN 978-7-5125-0844-6

Ⅰ. ①师… Ⅱ. ①沈… Ⅲ. ①中国文学—现代文学—作品综合集 Ⅳ. ①I216.1

中国版本图书馆 CIP 数据核字（2016）第 058976 号

师说：痴玩雅趣

作　　者	沈从文等
责任编辑	戴　婕
统筹监制	葛宏峰
策划编辑	兰　青　郭目娟
美术编辑	秦　宇
出版发行	国际文化出版公司
经　　销	国文润华文化传媒（北京）有限责任公司
印　　刷	阳谷毕升印务有限公司
开　　本	880 毫米 ×1230 毫米　32 开 6.25 印张　　　　　　　104 千字
版　　次	2016 年 4 月第 1 版 2020 年 1 月第 3 次印刷
书　　号	ISBN 978-7-5125-0844-6
定　　价	39.00 元

国际文化出版公司
北京朝阳区东土城路乙 9 号　邮编：100013
总编室：（010）64271551　传真：（010）64271578
销售热线：（010）64271187
传真：（010）64271187-800
E-mail：icpc@95777.sina.net
http://www.sinoread.com

目录

谈文说爱

002 文物·旧书·毛笔／朱自清

010 买书／朱自清

014 失书记／郑振铎

018 文章杂事——写字·画画·做饭／汪曾祺

醉画人生

028　中国绘画的优秀传统／傅抱石

049　明清之际的中国画／傅抱石

053　彩色木刻画的创作／郑振铎

072　论形体——介绍唐仲明先生的画／闻一多

076　学画回忆／丰子恺

087　观画记／老舍

093　假若我有那么一箱子画／老舍

千丝万缕

100 花边 / 沈从文
105 谈广绣 / 沈从文
111 蜀中锦 / 沈从文

闲余玩乐

118 小动物们 / 老舍

126 小动物们（鸽）续 / 老舍

136 猫 / 郑振铎

143 夏天的昆虫 / 汪曾祺

147 社戏 / 鲁迅

161 看花 / 朱自清

168 花会 / 朱光潜

175 草木春秋 / 汪曾祺

186 打弹子 / 朱湘

谈文说爱

文物·旧书·毛笔[①] / 朱自清

这几个月，北平的报纸上除了战事、杀人案、教育危机等等消息以外，旧书的危机也是一个热闹的新闻题目。此外，北平的文物，主要的是古建筑，一向受人重视，政府设了一个北平文物整理委员会，并且拨过几回不算少的款项来修理这些文物。二月初，这个委员会还开了一次会议，决定为适应北平这个陪都的百年大计，请求

---

① 原载一九四八年三月三十一日《大公报》。

政府"核发本年上半年经费",并"加强管理使用文物建筑,以维护古迹"。至于毛笔,多少年前教育部就规定学生作国文以及用国文回答考试题目,都得用毛笔。但是事实上学生用毛笔的时候很少,尤其是在大都市里。这个问题现在似乎还是悬案。在笔者看来,文物、旧书、毛笔,正是一套,都是些遗产、历史、旧文化。主张保存这些东西的人,不免都带些"思古之幽情",一方面更不免多多少少有些"保存国粹"的意思。"保存国粹"现在好像已成了一句坏话,等于"抱残守阙","食古不化","迷恋骸骨","让死的拉住活的"。笔者也知道今天主张保存这些旧东西的人大多数是些五四时代的人物,不至于再有这种顽固的思想,并且笔者自己也多多少少分有他们的情感,自问也还不至于顽固到那地步。不过细心分析这种主张的理由,除了"思古之幽情"以外,似乎还只能说是"保存国粹";因为这些东西是我们先民的优良的成绩,所以才值得保存,也才会引起我们的思念。我们跟老辈不同的,应该是保存只是保存而止,让这些东西像化石一样,不再妄想它们复活起来。

应该过去的总是要过去的，我们明白这个道理。

关于拨用巨款修理和油漆北平的古建筑，有一家报纸上曾经有过微词，好像说在这个战乱和饥饿的时代，不该忙着办这些事来粉饰太平。本来呢，若是真太平的话，这一番修饰也许还可以招揽些外国游客，得些外汇来使用。现在这年头，那辉煌的景象却只是战乱和饥饿的现实的一个强烈的对比，强烈的讽刺，的确叫人有些触目惊心。这自然是功利的看法，可是这年头无衣无食的人太多了，功利的看法也是自然的。不过话说回来，现在公家用钱，并没有什么通盘的计划，这笔钱不用在这儿，大概也不会用在那些无衣无食的人的身上，并且也许还会用在一些不相干的事上去。那么，用来保存古物就也还不算坏。若是真能通盘计划，分别轻重，这种事大概是该缓办的。笔者虽然也赞成保存古物，却并无抢救的意思。照道理衣食足再来保存古物不算晚；万一晚了也只好遗憾，衣食总是根本。笔者不同意过分地强调保存古物，过分地强调北平这个文化城，但是加强管理使用文物建筑，以维护古迹，并不用多花钱，却是对的。

旧书的危机指的是木版书，特别是大部头的。一年来旧书业大不景气。有些铺子将大部头的木版书论斤地卖出去造还魂纸。这自然很可惜，并且有点儿惨。因此有些读书人出来呼吁抢救。现在教育部已经拨了十亿元[①]收买这种旧书，抢救已经开始，自然很好。但是笔者要指出旧书的危机潜伏已经很久，并非突如其来。清末就通行石印本的古书，携带便利，价钱公道。这实在是旧书的危机的开始。但是当时石印本是不登大雅之堂的；说是错字多，固然，主要的还在缺少那古色古香。因此大人先生不屑照顾。不过究竟公道，便利，又不占书架的地位，一般读书人，尤其青年，却是乐意买的。民国以来又有了影印本，大部头的如《四部丛刊》，底本差不多都是善本，影印不至于有错字，也不缺少古色古香。这个影响旧书的买卖就更大。后来《四部丛刊》又有缩印本，古气虽然较少，便利却又加多。还有排印本的古书，如《四部备要》、《万有文库》等，也是方便公道。又如《国学基本丛书》，照有些石印本办法，书中点了句，方便更大。抗战前又有所谓"一折八扣书"，

---

① 指法币。

排印的错误并不太多，极便宜，大量流通，青年学生照顾的不少。比照抗战期中的土纸本，这种一折八扣书现在已经成了好版了。现在的青年学生往往宁愿要这种排印本，不要木刻本；他们要方便，不在乎那古色古香。买大部书的人既然可以买影印本或排印本，买单部书的人更多乐意买排印本或石印本，技术的革新就注定了旧书的没落的命运！将来显微影片本的书发达了，现在的影印本排印本大概也会没落的罢？

至于毛笔，命运似乎更坏。跟"水笔"相比，它的不便更其显然。用毛笔就得用砚台和墨，至少得用墨盒或墨船（上海有这东西，形如小船，不知叫什么名字，用墨膏，装在牙膏似的筒子里，用时挤出），总不如水笔方便，又不能将笔挂在襟上或插在袋里。更重要的，毛笔写字比水笔慢得多，这是毛笔的致命伤。说到价钱，毛笔连上附属品，再算上用的时期的短，并不见得比水笔便宜好多。好的舶来水笔自然很贵，但是好的毛笔也不贱，最近有人在北平戴月轩就看到定价一千多万元[①]的笔。自然，水笔需

---

① 指法币。

要外汇,就是本国做的,材料也得从外国买来,毛笔却是国产;但是我们得努力让水笔也变成国产才好。至于过去教育部规定学生用毛笔,似乎只着眼在"保存国粹"或"本位文化"上;学生可并不理会这一套,用水笔的反而越来越多。现代生活需要水笔,势有必至,理有固然,"本位文化"的空名字是抵挡不住的。毛笔应该保存,让少数的书画家去保存就够了,勉强大家都来用,是行不通的。至于现在学生写的字不好,那是没有认真训练的缘故,跟不用毛笔无关。学生的字,清楚整齐就算好,用水笔和毛笔都一样。

　　学生不爱讲究写字,也不爱读古文古书——虽然有购买排印本古书的,可是并不太多。他们的功课多,事情忙,不能够领略书法的艺术,甚至连写字的作用都忽略了,只图快,写得不清不楚的叫人认不真。古文古书因为文字难,不好懂,他们也觉着不值得费那么多功夫去读。根本上还是由于他们已经不重视历史和旧文化。这也是必经的过程,我们无须惊叹。不过我们得让青年人写字做到清楚整齐的地步,满足写字的基本作用,一方面得努力好好的编出些文言文对照详细注解的古书，让青年人读。历史和旧文化，我们应该批判地接受，作为创造新文化的素材的一部，一笔抹煞是不对的。其实青年人也并非真的一笔抹煞古文古书，只看《古文观止》已经有了八种文言文对照本，《唐诗三百首》已经有了三种（虽然只各有一种比较好），就知道这种书的需要还是很大——而买主大概还是青年人多。所以我们应该知道努力的方向。至于书法的艺术和古文古书的专门研究，留给有兴趣的少数人好了，这种人大学或独立学院里是应该培养的。

连带着想到了国画和平剧的改良，这两种工作现在都有人在努力。日前一位青年同事和我谈到这两个问题，他觉得国画和平剧都已经有了充分的发展，成了定型，用不着改良，也无从改良；勉强去改良，恐怕只会出现一些不今不古不新不旧的东西，结果未必良好。他觉得民间艺术本来幼稚，没有得着发展，我们倒也许可以促进它们的发展；像国画和平剧已经到了最高峰，是该下降，该过去的时候了，拉着它们恐怕是终于吃力不讨好的。照笔者的意见，我们的新文化新艺术的创造，得批判地采取旧文化旧艺术，士大夫的和民间的都用得着，外国的也用得着，但是得以这个时代和这个国家为主。改良恐怕不免让旧时代拉着，走不远，也许压根儿走不动也未可知。还是另起炉灶的好，旧料却可以选择了用。

应该过去的总是要过去的。

一九四八年三月十二、十三日作

买书[①] / 朱自清

买书也是我的嗜好,和抽烟一样。但这两件事我其实都不在行,尤其是买书。在北平这地方,像我那样买,像我买的那些书,说出来真寒碜死人;不过本文所要说的既非诀窍,也算不得经验,只是些小小的故事,想来也无妨的。

在家乡中学时候,家里每月给零用一元。大部分都报效了一家广益书局,取回些杂志及新书。那老板姓张,有点儿抽肩膀,老是捧着水烟袋;可是人好,我们不觉得他

---

① 原载一九三五年《水星》第一卷第四期。

有市侩气。他肯给我们这班孩子记账。每到节下,我总欠他一元多钱。他催得并不怎么紧;向家里商量商量,先还个一元也就成了。那时候最爱读的一本《佛学易解》(贾丰臻著,中华书局印行)就是从张手里买的。那时候不买旧书,因为家里有。只有一回,不知哪儿捡来《文心雕龙》的名字,急着想看,便去旧书铺访求:有一家拿出一部广州套版的,要一元钱,买不起;后来另买到一部,书品也还好,纸墨差些,却只花了小洋三角。这部书还在,两三年前给换上了磁青纸的皮儿,却显得配不上。

到北平来上学入了哲学系,还是喜欢找佛学书看。那时候佛经流通处在西城卧佛寺街鹫峰寺。在街口下了车,一直走,快到城根儿了,才看见那个寺。那是个阴沉沉的秋天下午,街上只有我一个人。到寺里买了《因明入正理论疏》、《百法明门论疏》、《翻译名义集》等。这股傻劲儿回味起来颇有意思;正像那回从天坛出来,挨着城根,独自个儿,探险似的穿过许多没人走的碱地去访陶然亭一样。在毕业的那年,到琉璃厂华洋书庄去,看见新版韦伯斯特大字典,定价才十四元。可是十四元并不容易找。想来想去,只好硬了心肠将结婚时候父亲给做的一件紫毛(猫皮）水獭领大氅亲手拿着，走到后门一家当铺里去，说当十四元钱。柜上人似乎没有什么留难就答应了。这件大氅是布面子，土式样，领子小而毛杂——原是用了两副"马蹄袖"拼凑起来的。父亲给做这件衣服，可很费了点张罗。拿去当的时候，也踌躇了一下，却终于舍不得那本字典。想着将来准赎出来就是了。想不到竟不能赎出来，这是直到现在翻那本字典时常引为遗憾的。

重来北平之后，有一年忽然想搜集一些杜诗。一家小书铺叫文雅堂的给找了不少，都不算贵；那伙计是个麻子，一脸笑，是铺子里少掌柜的。铺子靠他父亲支持，并没有什么好书，去年他父亲死了，他本人不大内行，让伙计吃了，现在长远不来了，他不知怎么样。说起杜诗，有一回，一家书铺送来高丽本《杜律分韵》，两本书，索价三百元。书极不相干而索价如此之高，荒谬之至，况且书面上原购者明明写着"以银二两得之"。第二天另一家送来一样的书，只要二元钱，我立刻买下。北平的书价，离奇有如此者。

旧历正月里厂甸的书摊值得看；有些人天天巡礼去。我住的远，每年只去一个下午——上午摊儿少。土地祠内外人山人海摩肩接踵地来往。也买过些零碎东西；其中有一本是《伦敦竹枝词》,花了三毛钱。买来以后,恰好《论语》要稿子,选抄了些寄去,加上一点说明,居然得着五元稿费。这是仅有的一次,买的书赚了钱。

  在伦敦的时候,从寓所出来,走过近旁小街。有一家小书店门口摆着一架旧书。上前去徘徊了一下,看见一本《牛津书话选》(*The book Lovers' Anthology*),烫花布面,装订不马虎,四百多面,本子也不小,准有七八成新,才一先令六便士,那时合中国一元三毛钱,比东安市场旧洋书还贱些。这选本节录许多名家诗文,说到书的各方面的;性质有点像叶德辉氏《书林清话》,但不像《清话》有系统;他们旨趣原是两样的。因为买这本书,结识了那掌柜的;他以后给我找了不少便宜的旧书。有一种书,他找不到旧的,便和我说,他们批购新书按七五扣,他愿意少赚一扣,按九扣卖给我。我没有要他这么办,但是很感谢他的好意。

一九三五年一月十日

师说：痴玩雅趣

失书记[①] / 郑振铎

二十多年来，因为研究的需要和个人的偏嗜，收购了不少古书。一部部的从书店里挟在腋下带回来，都觉得是有用的。但一到了家，翻阅了一下，因为不是立即用到的，便往往将它向书箱里或书橱顶上一塞。有时，简直是好几年不曾再翻阅过。书一天天地堆积得多了。书箱由十二只而二十余只，而五十余只，而至一百余只。不放在箱子里的书还有不少。因为研究的复杂，搜罗材料的求全求备，

---

① 原载一九三七年《烽火》。

差不多不弃瓦石和沙砾。其实在瓦石和沙砾里，往往可以发现些珠玉和黄金出来。十年前，得到不少的弹词、宝卷、鼓词和平津到潮汕的小唱本。那些小唱本一批批地购入，或由友人们的赠贻，竟积至二万余册之多。

"一·二八"之役，我在东宝兴路的寓所沦入日人之手。一切书籍都不曾取出。书箱被用刀斧斫开的不少。全部的弹词、鼓词、宝卷及小唱本均丧失无遗，惟古书还保存得多。三月间，将各余存的书全部迁出。那时，我不在上海。高梦旦先生和家叔莲蕃先生曾费了许多的力量去设法搬转。许多的书箱都杂乱地堆在高宅大厅上。过了半年，方托人清抄一份目录。除仍留一部分存于高宅外，大多数都转送到开明书店图书馆寄存。四五年来，我因为自己在北平，除了应用的书随身带去者外，全都没有移动。在北平，又陆续购到几十箱的古书，其中尤以明版的小说及戏曲为多。前年夏天南旋时，又全都随身带了下来，幸免于和那个古城同陷沦亡。但有一部分借给友人们的书，却一时顾不及取回了。两年以来因为寓所湫狭，竟不能将寄存之书取储家中。

"八·一三"战事起后，虹口又沦为战区。开明书店图书馆全部被毁于火。我的大多数的古书,未被毁于"一·二八"之役者,竟同时尽毁于此役。所失者凡八十余箱,近二千种,一万数千册的书。其中有元版的书数部,明版的书二三百部;应用的书,像许多近代的丛书所失尤多。最可惜的是,积二十年之力所收集的关于《诗经》及《文选》的书十余箱竟全部烬于一旦。在欧洲收集到的许多书(多半是关于艺术的及考古学的),也全都失去了。尚有清人的手稿数部,不曾刊行者也同归于尽!不能无介介于心:总觉得有些对不起古人!

连日闸北被敌机大肆轰炸,纸灰竟时时飘飞到小园中来。纸灰上的字迹还明显得可辨。这又是什么人家的文库被毁失了!在今日抗战开始之后,像这样的文化上的损失,除了万分惋惜之外,是不会比无数人民的性命财产的牺牲更令人沉痛和切齿的。而无数前敌将士们正在喋血杀敌,为国作战,我们这些损失又算得了什么!北平图书馆的所藏,乃至北京大学图书馆,清华大学图书馆,乃至无数私家的宝藏之图籍还不是全都沦亡了么?我们这些损失又算得了什么?但我所深有感者,乃在没有国防的国家根本谈不上"文化"的建设。没有武力的保卫,文化的建设是最容易受摧残的。阿速帝国的文库还不是被深埋在地下么？宋之内府所藏图籍，还不是被捆载而北么？希腊、罗马的艺术还不是被野蛮民族所摧毁而十不存一么？无数文人学士们的呕尽心血的著作曾不足当野蛮的侵略者的一焚！这是古今一致，万方同慨的事！要保全"文化"，必须要建立最巩固的国防！失者已矣！"文化"人将怎么保卫文化呢？当必知所以自处矣！无国防，即无文化！炮火大作，屋基为之震动。偷闲重写"失书"的目录为一卷。作失书记，附于后。以自警，亦以警来者！

民国二十六年十月二十六日记

文章杂事——写字·画画·做饭[①] / 汪曾祺

我正经练字是在小学五年级暑假。我的祖父不知道为什么一高兴,要亲自教我这个孙子。每天早饭后,讲《论语》一节,要读熟。读后,要写一叫做"义"体的短文。"义"是把《论语》的几句话发挥一通,这其实是八股文的初阶。祖父很欣赏我的文笔,说是若在"前清",进学是不成问题的。另外,还要写大字、小字各一张。这间屋子分里外间,

---

[①] 载一九九三年《今日生活》第六期。

里间是一个佛堂，供着一尊铜佛。外间是祖母放置杂物的地方，房梁上挂了好些干菜和晾干了的粽叶。我就在干菜、粽叶的气味中读书、作文、写字。下午，就放学了，随我自己玩。

祖父叫我临的大字帖是裴休的《圭峰定慧禅师碑》，是他从藏帖中选出来的。裴休写的碑不多见，我也只见过这一种。裴休的字写得安静平和，不像颜字柳字那样筋骨努张。祖父所以选中这部帖，道理也许在此。

小学六年级暑假，我在三姑父家从韦子廉先生学。韦先生每天讲一篇桐城派古文，让我写一篇大字。韦先生是写魏碑的，曾临北碑各体，他叫我临的却是《多宝塔》。《多宝塔》是颜字里写得最清秀的，不像《大字麻姑仙坛》那样重浊。

有人说中国的书法坏于颜真卿，未免偏激。任何人写碗口大的字，恐怕都得有点颜书笔意。蔡襄以写行草擅名，福州鼓山上有他的两处题名，写的是正书，即是颜体。董其昌行书透逸，写大字却用颜体。歙县有许国牌坊，坊额传为董其昌书，是颜体。

读初中后，父亲建议我写写魏碑，写《张猛龙》。他买来一种稻草做的高二尺，宽尺半，粗而厚的纸，我每天写满一张。

《圭峰碑》、《多宝塔》、《张猛龙》，这是我的书法的底子。

祖父拿给我临的小楷是赵子昂的《闲邪公家传》，我后来临过《黄庭》、《乐毅》，时间都很短。一九四三年云南大学成立了一个曲社，拍曲子。曲谱石印，要有人在特制的石印纸上，用特制的石印墨汁，端楷写出印制。这差事落在我的头上。我凝神静气地写了几十出曲谱，用的是晋人小楷笔意。我的晋人笔意不是靠临摹，而是靠"看"，看来的。

有一个时期，我写的小楷效法倪云林、石涛。

一九四七、一九四八年我还能用结体微扁的晋人小楷用毛笔在毛边纸上写稿、写信。以后改用钢笔，小楷功夫就荒废了。

习字，除了临摹，还要多看，即"读帖"。我的字受"宋四家"（苏、黄、米、蔡）的影响，但我并未临过"宋四家"，是因为爱看，于不知不觉中受了感染。

对于"宋四家",自来书法家颇多贬词。有人以为中国书法一坏于颜真卿,二坏于"宋四家"。"宋四家"对于二王,对于欧薛,确实是一种破坏。但是,也是革新。宋人书法的特点是解放,有较多的自由,较多的个性。"四家"的"蔡"本指蔡京,因为蔡京人太坏,被开除了,代之以蔡襄。其实蔡京的字是写得很好的,有人以为应为"四家"之冠,我同意。苏东坡多用偏锋,书体颇近甜俗。黄山谷长撇大捺,做作。米芾字不宜多看,多看了会受其影响,终身摆脱不开。米字流畅洒脱,而书品不高,他自称是"臣书刷字"。我的书品也只是尔尔,无可奈何!

我没有正式学过画。我父亲是画家,年轻时画过工笔画,中年后画写意花卉。他没有教过我。只是在他作画时,我爱在旁边看,给他抻抻纸。我家有不少珂罗版印的画册,我没事时就翻来覆去一本一本地看。画册以四王最多,还有,不知为什么有好几本蓝田叔的。我对四王、蓝田叔都没有太大兴趣,及见徐青藤、陈白阳及石涛画,乃大好之。我作画只是自己瞎抹,无师法。要说有,就是这几家(石涛偶亦画花卉,皆极精)。我作画不写生,只是凭印象画。

曾为《中国作家》画水仙，另纸题诗一首，中有句云："草花随目见，鱼鸟略似真。"我画的鸟，我的女儿称之为"长嘴大眼鸟"。我的孙女有一次看艺术纪录片《八大山人》，说："爷爷画的鸟像八大山人，——大眼睛。"写意画要有随意性，不能过事经营，画得太理智。我作画，大体上有一点构思，便信笔涂抹，墨色浓淡，并非预想。画中国画的快乐也在此。曾请人刻了两方闲章，刻的是陶弘景的两句诗："岭上多白云"、"只可自怡悦"。有人撺掇我开展览会，我笑笑。我的画作为一个作家的画，还看得过去，要跻身画家行列，是会令画师齿冷的。

有人说写字、画画，也是一种气功。这话有点道理。写字、画画是一种内在的运动。写字、画画，都要把心沉下来，齐白石题画曰"心闲气静时一挥"。心浮气躁时写字、画画，必不能佳。写字画画可以养性，故书画家多长寿。

我不会做什么菜，可是不知道怎么竟会弄得名闻海峡两岸。这是因为有过几位台湾朋友在我家吃过我做的菜，大事宣传而造成的。我只能做几个家常菜。大菜，我做不了。我到海南岛去，东道主送了我好些鱼翅、燕窝，我放在那

里一直没有动,因为不知道怎么做。有一点特色,可以称为我家小菜保留节目的有这些:

拌荠菜、拌菠菜。荠菜焯熟,切碎,香干切米粒大,与荠菜同拌,在盘中以手抟成宝塔状,塔顶放泡好的海米,上堆姜米、蒜米。好酱油、醋、香油放在茶杯内,荠菜上桌后,浇在顶上,将荠菜推倒,拌匀,即可下箸。佐酒甚妙。没有荠菜的季节,可用嫩菠菜以同法制。这样做的拌菠菜比北京用芝麻酱拌的要好吃得多。这道菜已经在北京的几位作家中推广,凡试做者,无不成功。

干丝。这是淮扬菜。旧只有烫干丝。大白豆腐干片为薄片(刀工好的师傅一块豆腐干能片十六片),再切为细丝。酱油、醋、香油调好备用。干丝开水烫后,上放青蒜末、姜丝(要嫩姜,切极细),将调料淋下,即得。这本是茶馆中在点心未蒸熟之前,先上桌佐茶的闲食,后来饭馆里也当一道菜卖了。煮干丝的历史我想不超过一百年。上汤(鸡汤或骨头汤)加火腿丝、鸡丝、冬菇丝、虾籽同熬(什么鲜东西都可以往里搁),下干丝,加盐,略加酱油,使微有色,煮两三开,加姜丝,即可上桌。聂华苓有一次上我家来,吃得非常开心，最后连汤汁都端起碗来喝了。北京大方豆腐干甚少见，可用豆腐片代。干丝重要的是刀工。袁子才谓"有味者使之出，无味者使之入"，干丝切得极细，方能入味。

烧小萝卜。台湾陈怡真到北京来，指名要我做菜，我给她做了几个菜，有一道是烧小萝卜。我知道台湾没有小红水萝卜（台湾只有白萝卜）。做菜看对象，要做客人没有吃过的，才觉新鲜。北京小水萝卜一年里只有几天最好。早几天，萝卜没长好，少水分，发硍，且有辣味，不甜；过了这几天，又长过了，糠。陈怡真运气好，正赶上小萝卜最好的时候。她吃了，赞不绝口。我做的烧小萝卜确实很好吃，因为是用干贝烧的。"粗菜细做"，是制家常菜不二法门。

塞肉回锅油条。这是我的发明，可以申请专利。油条切成寸半长的小段，用手指将内层掏出空隙，塞入肉茸、葱花、榨菜末，下油锅重炸。油条有矾，较之春卷尤有风味。回锅油条极酥脆，嚼之真可声动十里人。

炒青苞谷。新玉米剥出粒，与瘦猪肉末同炒，加青辣椒。昆明菜。

其余的菜如冰糖肘子、乳腐肉、腌笃鲜、水煮牛肉、干焗牛肉丝、冬笋雪里蕻炒鸡丝、清蒸轻盐黄花鱼、川冬菜炒碎肉……大家都会做，也都是那个做法，不列举。

做菜要有想象力，爱捉摸，如苏东坡所说，"忽出新意"；要多实践，学做一样菜总得失败几次，方能得其要领；也需要翻翻食谱。在我所看的闲书中，食谱占一个重要地位。食谱中写得最好的，我以为还得数袁子才的《随园食单》。这家伙确实很会吃，而且能说出个道道。如前面所说"有味者使之出，无味者使之入"，实是经验的总结。"荤菜素油炒，素菜荤油炒"，尤为至理名言。

做菜的乐趣第一是买菜。我做菜都是自己去买的。到菜市场要走一段路，这也是散步，是运动。我什么功也不练，只练"买菜功"。我不爱逛商店，爱逛菜市。看看那些碧绿生青、新鲜水灵的瓜菜，令人感到生之喜悦。其次是切菜、炒菜都得站着，对于一个终日伏案的人，改变一下身体的姿势，是有好处的。最大的乐趣还是看家人或客人吃得很高兴，盘盘见底。做菜的人一般吃菜很少。我的菜端上来之后，我只是每样尝两筷，然后就坐着抽烟、喝茶、喝酒。从这点说起来，愿意做菜给别的人吃是比较不自私的。

诗曰：

年年岁岁一床书，
弄笔晴窗且自娱。
更有一般堪笑处，
六平方米作郇厨。

一九九三年八月十三日

醉画人生

中国绘画的优秀传统[①] / 傅抱石

一

我们不妨试从中国绘画——特别从本质来研究，对传统的主要精神、特征，提出两点浅见，这两点实在是一个东西。

第一，中国绘画的优秀传统是人事的、政治的。

[①] 本文由叶宗镐先生根据一九五三年十一月十九日傅抱石先生在南京师范学院（今南京师范大学）美术系做专题报告《中国绘画的成就》的讲稿第一部分和傅抱石先生所作《从中国绘画线的问题来看现实主义理论的展开》一文整理而成。本文有删节，标题为编者所加。

第二，中国绘画的传统表现方法，是富于现实主义精神和方法的。

关于前者，最显著的一点，中国绘画自始就是把人事做基础而发展的。这个"人事"是产生并发展于封建的阶级社会，其中包含着许多因素，例如人的种种活动、种种生活，以及因这些活动、生活而产生的许多事件。换句话，是人的一切社会活动。唐末张彦远的《历代名画记》是古代绘画较早而最重要的一部书。在它的第一卷"叙画之源流"中，劈头就说"夫画者，成教化，助人伦，穷神变，测幽微，与六籍同功，四时并运……"把绘画看做和文字（六籍）一样的重要，任何时候都不可以轻视的。他并就三代两汉历史上几件较突出的绘画事例，综合地说明绘画是应该为政治和道德服务，来证明图画的重要性。"故鼎钟刻则识魑魅而知神奸，章明则昭轨度而备国制。清庙肃而尊彝陈，广轮度而疆理辨。以忠以孝，尽在于云台；有烈有勋，皆登于麟阁。见善足以戒恶，见恶足以思贤。留乎形容，式昭盛德之事；具其成败，以传既往之踪。记传所以叙其事，不能载其容；赋颂有以咏其美，不能备其象。图画之制，所以兼之也。"

张彦远是九世纪的人，他的话自有一定的局限，但是整个中国绘画的发展，据我看，始终没有超出过"人事"的圈子。倘若和西欧人绘画发展联系来研究，很突出的，中国绘画传统中并没有像欧洲那样严重的宗教色彩，中国绘画所描绘的全都是活生生的人和人的生活相（精神生活亦然）。这一点，我想，是值得注意的。诚然五世纪到十世纪，由于佛教的影响，外来艺术样式（从主题到形式）不可否认的是刺激了固有的艺术，产生了某些新的变化。而我们却不要轻轻放过无数的无名艺术家丰富的杰出的创造才能。我们知道宗教在中国封建社会的各个阶段，都是作为一个政治性的东西而存在而斗争的。南北朝、北魏、北齐、梁和隋、唐几个朝代，崇佞佛教，特别是北朝，花费了多少人民的血汗，劳苦了多少人民——多少杰出的雕塑家——去开凿石窟，雕（或塑）造佛像。那完全是为佛教服务吗？历史上，有名的"三武一宗"的故事，特别是最后最彻底的一次，唐会昌五年（公元845年）的灭法，已经把宗教问题当作政治问题来解决了。我们小时候读古文，读到韩愈的《论佛骨表》觉得他有点多事，不过读到"佛如有灵，能作祸祟，凡有殃咎，宜加臣身"的几句，却很佩服。

此老的胆量，居然敢这样开佛的玩笑，无怪他"夕贬潮阳路八千"了。今日看来，这类斗争绝不只是所谓儒释的问题。

　　反映在造型艺术上，最令人诧异的是中国的佛教艺术（雕塑和绘画）竟数典忘祖地与众不同，大部分主题和形式不见经典，是印度也没有的。比较突出的，例如罗汉的画像，除了五代的贯休和尚（禅月大师）的"胡相梵貌，不类中华"是画的印度人形象之外，后来罗汉渐渐地中国化并进而人事化了。根据苏州直保圣寺传为初唐杨惠之塑的罗汉像来看，就完全是中国人的形象了，老的、壮年的都有，宋代的罗汉，还有的是十七八岁的青年。这种人的生活的热烈表现，是与固有的传统分不开的。罗汉如此，菩萨也是一样。水月观音，传说是唐末杰出的人物画家周昉所创始，送子观音，也是印度所没有的。不但如此，为了结合人民的实际生活，抒发人们的想像力，后来还创造了许多特别的形象，例如马郎妇观音等一类。观音在中国广大群众的精神生活中，已经不是菩萨而是一位极可接近的女性形象了。

　　有一种情况，我认为应该提出来的：从中国绘画悠长的历史看，只有近一二百年，大约中国封建社会末期的中叶以后，中国绘画才开始了脱离人事、脱离生活，亦即脱离现实、脱离政治的倾向。由元代形成的水墨山水画，取得了整个绘画传统主流的地位之后，随之而起的是形式主义的抬头。一班文人士大夫辈，在山水画面上追求所谓的笔墨趣味，实质上是在追求各种各样的符号。原来由生活的实际通过艺术加工所反映出来的形象，是活的，即所谓生动的东西，若把这形象固定下来，变成为形式，从而模拟仿效，就失去了现实的真实性了，也就完完全全成了一大堆符号了。符号既不能代替生活，也不能说明生活。这一阶段是沉滞落伍的时期，是最阻碍今天我们对整个绘画传统认识的一个大问题。

另一面，通过社会关系的不断变化，很自然的，文人士大夫的形式主义的形式也必然跟着变化。提高来看，这种形式的变化，其根源还是脱离不了现实，而是与现实相呼应相符合的。八大山人和苦瓜和尚，我们固然不可以称他们的作品是形式主义的，但他们所处的时代却是形式主义将要完成的时代。所谓"遁迹山林""游戏三昧"，也是现实生活和艺术创作政治性的反映。一方面说明了绘画传统形式主义的演进，同时也反映了当时的现实生活和政治生活。归根结底，我认为还是从"人事"出发的。

中国绘画的传统，始终地就在为"人事"、为现实而服务而发展着，绝对没有超政治的，过去如此，今后亦然。这是中国绘画传统的特征之一。

第二，假如上面所说的"人事"的特征多少有些道理，那么中国绘画表现的形式和技法，就不可能不是现实主义的。深入地说，人事的和现实主义是中国绘画传统的一物两面，是相互一致的。因为它们都是基于人的种种活动——从绘画的题材论，不管人物、山水、花鸟，也都是发生发展于人生种种的生活面的。

在伟大的绘画传统中，曾经产生过无数杰出的画家，绝大多数现实主义的画家，不断地进行创造性的艺术劳动，来发展和提高现实主义的绘画传统，从而遗留了丰富的业绩，成为全中国人民最宝贵最尊崇的遗产。

下面我准备从人物画和山水、花鸟画比较具体地分别谈谈我们过去的杰出的大家们，是怎样殚精竭虑地忠实于他们伟大的创作实践的。并根据文献遗品，初步地来总结若干富于积极性的成果，从而简略地说明中国绘画优秀正确富于现实主义精神的传统及其伟大的艺术成就。

二

首先我想谈一下中国绘画的基本问题，即线的问题。因为这个问题是中国绘画——不，简直应该说是中国一切造型艺术的最基本的问题之一。特别在近半个世纪西洋绘画的形式和技法进入中国以后，一些人失去了民族自信心和自尊心。他们认为"外国的月亮也圆些"，于是古老的中国绘画的优秀传统便不断遭受到无端的批评，而批评的集中点，基本上也是放在这个线的问题上面。这是大家周知的事实。

一种是，对于以线构成的绘画是不感兴趣的，以为十五世纪以后的西洋绘画，基本上已经抛弃了这个落后的低级的形式，发展到追求光线和色彩为主要手段的油画。而中国绘画则自古至今老是保守着以线为基础构成的传统，这无疑是不可原谅的，是落后的低级的产品。

另一种，或多或少地对于线在画面构成的重要性和艺术性，特别是中国绘画上的线有些理解，但这种理解不是从对中国绘画传统的正确认识出发，而是站在"十五世纪前的西洋绘画也是用线表现的"这一点上，企图说明西洋绘画已经包含着线的一切优点，于是向中国绘画提意见说，

"我们"过去不也是有条条的吗？现在的油画水彩画不也是有线的吗？中国绘画的线有什么稀罕呢？

总而言之，认为不可原谅或者无甚稀罕，无非都是憎恨线，憎恨中国绘画上的线，憎恨中国造型艺术上的线。

怎么办呢？——我们何妨这样来想想，假使从中国绘画上抹去线，无视其积极性和重要性，那么肯定地说，等于抹杀了、实际是否定了中国绘画的全部，同样也等于抹杀了中国造型艺术的全部。虽然，从线的本身看，它还不过是中国绘画乃至中国造型艺术构成的一个部分。

常识告诉我们，本来线在自然界实际上是不存在的，它仅仅是一种作为分别、说明面与面的界限关系，而反映于视觉中的抽象的存在。彻底地说，以线而表现的形象，究竟不是实在的形象，换句话，这种形象是非现实的。例如我们人的面部，圆形的脸，胆形的鼻，橄榄形的双眼……都是没有、也看不见摸不着什么线的。但造型的表现，圆形、胆形和橄榄形等的外轮廓，即它们的空间存在的感觉，圆形、胆形和橄榄形却是客观地存在，没有人会感觉头是方的，鼻是圆的，眼是三角形的。古代许多伟大聪慧的劳动人民在不断生产和提高生产之余，或刻或画，为我们创造了许多美丽、生动的图像，这些形象都是用线来忠实地表现的。

值得庆幸的是，我们古代劳动人民还辛勤地为我们创造了文字，我们的文字不仅是作为传达思想感情的符号，而且通过这些符号表现，充分地流露着思想感情。殷墟的甲骨文字，殷及两周的金文，是中国较早期的文字，由于生产方式的不同和社会关系的变化，甲骨文字的坚劲和金文的朴厚，是极易使人感受的。更重要的是若干早于文字或与文字并存的纹样，我们古代的劳动人民运用了高度的艺术手段，创造了不可名状的繁复、婉转、活泼、流丽的纹样，表现在雕刻或铸造的器体之上。

这些初期的文字或纹样，都是由线所构成。我们真难想象，当奴隶时代末期和封建社会初期，竟产生了即使在今天——不，直到永远也足以令我们惊心动魄的高水平造型艺术，也即是线的艺术。之后，随着生产逐步地提高，线的表现也有了变化和发展。从文字结构或纹样的组成来看，散氏盘与秦公敦就显然不同，后者是更见纵横。西周铜器的纹样与战国铜器也显然不同，后者是更见洗练。这纵横和洗练，无疑地，也俱是线的运用的发展和提高。

我们必须重视中国的毛笔、石墨（后来才有烟墨）和绢

（帛、布）纸的普遍使用，由于工具、材料逐步地改进，提供给线的表现许多有利的条件。极保守的看法，最迟在后汉，这些或已成为多数人书写使用的主要工具和材料。就线的要求论，是得到极大的解放，而可以自由自在地发挥它的无限的有机的性能。过去尚保有某程度的原始性和装饰性，进而便转变如天马行空了。今天尚存的汉画像砖上的人物，线的活泼飞动，真使人神往，不禁要向这些无名的画家致敬。

正因为中国绘画的线，是从和生活关系最密切的文字、工艺发展而来；正因为中国绘画的线的发展是与笔墨等工具、材料的发展有着不可分的因缘，所以，我们中国从来不说什么"线"的，而只说是"笔"。线的一切具体的运用表现，就称之为"笔法"。

所以中国的书画是同体的，自始至终被认为是一个整体的东西。具体地说，使用的工具相同，材料也大致相同，创作、使用的方法乃至鉴赏心理也大致相同。它们的基础，从某些限度论，是建筑在主观客观统一的基础上面的。这是中国绘画和别的绘画最突出最重要的区别。这是创作的原则，也是鉴赏的原则，是一直贯穿着整个中国绘画传统的。虽然在各个不同时代绘画传统不断地发生不同的变化，从表现形式看，不论人物山水……画体的变化或是疏的（所谓写意）密的（所谓工笔）画法的变化，总是万变不离其宗。线（笔法）是支持推动中国绘画发展的唯一的动力。所以中国绘画的理论（批评和创作），基本上是环绕一个中心问题——线的问题（笔法）而建立发展的理论。从文献资料研究，遑遑两千多年的长时间，几乎没有例外。可见线的问题，我们中国画家们的重视到了如何的程度。

由于中国绘画的构成，是以线（笔法）为主要的基础——这种以条条组成的中国绘画，其唯一的特征，就是它具有高度的概括性和集中力。实实在在地，站在西洋绘画的立场来看，这样不够（如光），那样不够（如色），可以把中国绘画的缺点说上一大堆。总之，它是落后的、不科学的，等等一切，都是不够的。若从中国绘画传统发展的角度和从造型艺术现实主义的创作过程来看，则今天丰富的绘画遗存已经充分地证明了中国绘画的传统是极优秀的，它的现实主义的艺术手法，也是高明的，不是那么容易掌握的。一般说来，线的使用是绘画方法中最困难的方法，差之毫厘就势必谬以千里。

线在中国绘画传统中所得到的重视发展和高度成就，可以说是当今世界范围内所未曾有过的。可以简单地把中国绘画作品新陈在世界各个国家的绘画作品之中,有一个世界公认的优点,那就是中国绘画的明快和敏感。这明快敏感的特色,主要的就是由于中国绘画上的线条而产生。由于中国绘画使用了经济的简练的表现形式,许多不必要的、甚至次要的东西,我们历代的画家们在创作中,毫无吝色地精打细算地予以删除,突出地集中地表现了所需要表现的主题。于是,画面显得更为明快。同样,因为由线构成的画面,它的本身就具有强烈的说服力量,我们历代的画家们就很巧妙地抓住并夸张了这种力量,更赋予画面的主题思想以感染力量。于是,画面便不得不使人敏感了。明快敏感是线的特征,应该更是中国作风、中国气派的主要因素。

  中国绘画上的每条线,也即中国绘画上的每一笔,简单地说,它都负有两种使命。第一,基本的一种,是担负着正确表现对象"形"的作用,如轮廓线、主线、补线等。这种线,它本身是毫无意义的,除了使人感受着物体的形状之外,什么意义也没有。通常绘画上的所谓线,大概只能完成第一使命。作者主观的唯一的要求也在此。第二种,对中国绘画来说,是第一重要的,它在完成第一使命的同时,必须使原来毫无意义的线的本身,具有生命的表现。

换句话说，同一条线，它除了必须表现物体的形状以外，同时，线的本身、线与线的关系等，又应该具有丰富的、几乎可以独立的精神内容。例如，一撇一捺是个"人"字，甲乙丙丁四个人同时写这"人"字，一撇一捺的结构位置，四个"人"字是相同的，这是第一使命。但四个"人"字的精神内容却会大不相同。实际一百人、一千人也不会相同。这个不同，便体现了线的第二使命。不但如此，即使用一个人写，第二使命的完成及其完成的程度，也要看写字当时的主客观条件如何来决定，例如王羲之写了多少遍的《兰亭序》，还是以第一次写得最好，我想不外也是这个道理。

由此可知，中国绘画的线，是形（第一使命）神（第二使命）兼备的，是客观（第一使命）主观（第二使命）一致的。这线的形神兼备和主观客观一致的要求，就是中国一切造型艺术的要求，也就是中国绘画传统表现形式发展的基础。从这个基础而发展的中国绘画，因此也就绝不可能是自然主义或者别的什么，而必然是富于现实主义精神的。

三

我们觉得很骄傲,早在四世纪末叶的东晋,中国绘画现实主义的理论,便已有了初期的建设,伟大的奠基人是和王羲之同时的杰出人物画家——顾恺之。

东晋顾恺之以前,特别是秦汉时期,由于专制主义的中央集权的封建国家的建立,社会经济逐渐有了全面的发展,手工业也很发达。作为文化意识形态之一的造型艺术,随着生活的变化,也有了很大的发展。

顾恺之继承并发展了先秦时代以来的艺术理论(先秦诸子,主要的如《淮南子》),结合他天才的创作实践,又丰富并发展了他的理论。

他所处的时代,从中国绘画的传统论,是属于人物画的早期阶段,他本身就是一位划时代的人物画家,对人物画的发展,完成了继往开来的任务。同时,他所处的时代,从历史文化论,是中国历史上长期的种族斗争、社会经济沦于残破的时代,也是中国文化南迁的最早的规模较大的一次移动的时代。反映在文学艺术上,我们可以看到许多方面的各种不同的变化。当然,佛教的影响是应当考虑的。譬如,和绘画有兄弟般关系的书法，就突出地显现了活泼自由的作风。大致说，由篆隶到行楷，东晋是一个较重要的转捩点。伟大的书法家王羲之可以代表，他在永和九年（公元353年）三月三日，写下了令世界注目的《兰亭序》，从书法的发展看，绝不是偶然的。文学上，登山临水之篇什，也一时兴盛起来，有些作家如陶潜、郦道元、杨衒之、谢灵运、谢惠连等，所谓"山水有清辉"，都是最精彩的描叙山水的。因而，中国山水画也在这个时代萌了嫩芽。

顾恺之有三篇文章：《论画》《魏晋胜流画赞》《画云台山记》，赖唐代张彦远的辑录遗留到现在。自然我们非常感谢张彦远的卓越的见解，在他的名著《历代名画记》中，在评述了顾恺之的艺术之后，还辑录了这三篇文字。虽然附注"自古相传脱错，未得妙本勘校"云云，事实上他还把其中两篇的题目可能弄错了，然，我们还是不难从这三篇短短的文字，来认识顾恺之的现实主义理论体系。

三篇文字中，重要的是《魏晋胜流画赞》，其次《画云台山记》，再次《论画》。我们应该肯定地说，他把过去的绘画理论，含英咀华地通过他的卓识，为中国绘画（特别是人物画）的批评，最早地树立了一套相当完整的理论体系。这一体系，甚至表现在文字上的体例，也成为以后理论家的典型，如南齐谢赫的《古画品录》，陈姚最的《续画品》，以及唐代的许多理论家，大体都承袭了《画云台山记》的规模。

他在《魏晋胜流画赞》中，劈头就说"凡画，人最难，次山水，次狗马。台榭，一定器耳，难成而易好，不待迁想妙得也……"的几句话，提出了"迁想妙得"四个字。据我肤浅的体会，这"迁想妙得"四个字，是一切绘画创作、批评的原则，也是一切绘画创作的方法。他主张画人物必须"实对"——面对着实在的人而写。但是"实对"只是创作过程中必备的一种手段，而不是创作的最终目标。在"实对"的过程之中，作者应该开动脑筋，深入地观察分析所面对的形象，考虑（迁想）怎样表现才能高度地完成（妙得）主题所规定的任务。对对象言，又必须注意不致破坏它的完整并集中概括地传达它的精神（传神）。具体地说，他要求一幅好的作品，应该是具有"美丽之形"（近似构图）、"尺寸之制"（近似解剖透视）、"阴阳之数"（近似明暗色彩）、"纤妙之迹"（线的一切美）的。他反对主观的描写，说"空其实对则大失"，是原则的错误，要不得的。同时又反对粗枝大叶的"实对"，说"对而不正则小失"，小失也指了出来，希望避免它。因为"有一毫小失，则神气与之俱变矣"。

他这理论体系的提出，是和他现实主义的创作、批评的实践分不开的，是他总结长期的创作和批评的实践经验之成果。他是一位杰出的人物画家，特别是精于写真（肖像画）的画家。正由于他精于写真，所以把创作的最后目的归之为"传神"。一个人的精神状态，是无静止地变化着的，但一个人的所谓容貌（形）则只是精神的栖息地。要画人（写真），目的不在于貌似，而在于精神状态的传达（刻画）。纯从主观的想象出发，是无皮之毛没有现实的基础；若仅从客观的描写出发，又易陷于"此地空余黄鹤楼"式的毫无内容的形象记录。当然，必须有"实对"（悟对通神）的功夫是肯定的。这由肖像画创作而提出的"传神"，后来不但一面代替了肖像画的名称，更成为一切创作和批评的最高标准。

他在《魏晋胜流画赞》中，评论了许多魏晋时代的作品，包括他老师卫协的作品在内，要求是特别高的，尤其是对于肖像画。例如评一幅《壮士》的作品，他说"有奔胜大势，恨不尽激扬之态"。壮士的奔胜（勇猛，或作奔腾），我们揣想一下，似与那挺胸挥臂摩拳擦掌的姿势，是表现出来了，但遗憾的是缺少壮士应有的激昂慷慨的神态。更有趣的，也是《魏晋胜流画赞》中字数最少的评一幅《嵇兴》的肖像，只有三个字"如其人"。这三个字说明些什么呢？我想，我们都和嵇兴不熟，可惜画已不存在，就很难揣测了。但可以相信这幅嵇兴的肖像，必然是神态毕现，也是评论比较满意的一幅。

　　后顾恺之约七十年，南齐（公元479—502年）有一位了不起的人物画家谢赫，《续画品》（姚最）中称他"写貌人物，不俟对看，所须一览，便工操笔，点刷研精，意在切似；目想毫发，皆无遗失"。他是一位最能结合现实的风俗画家，所谓"丽服靓妆，随时变改，直眉曲鬓，与时竞新"（《历代名画记》）。他继承并规模了顾恺之的理论体系，特别是顾恺之《魏晋胜流画赞》体例的精神，品评了自陆探微以下二十七位画家，著了一部《古画品录》。此书依《画赞》形式，开首也有一段"序"言，好像《画赞》的"凡画人最难"。在序言里,他提出品评人物画的六种标准——这就是一千五百年来,中国画家所遵奉不渝和争论不休的"六法"。

他在序言中提出:"虽画有六法,罕能尽该。而自古及今,各善一节。六法者何?一、气韵生动是也;二、骨法用笔是也;三、应物象形是也;四、随类赋彩是也;五、经营位置是也;六、传移模写是也。"(谢赫《古画品录》)我们应该认识到"六法"是以顾恺之的理论为基础,完全是针对人物画的批评而提出的。理由很简单,因为谢赫的时代,中国人物画还处在青年的时代,一切创作还需要严格的批评和研究。"六法"固然是谢赫用为批评的原则,同时也就是创作的标准。从"六法"发展的痕迹和组成的形式、内容研究,我认为较之顾恺之的理论体系又推进了一大步。简单说来,这里面有三点值得重视。一是总的要求,即气韵生动;一是画面构成的基本要求——骨法用笔,经营位置;一是创作效果和写实基础的要求——应物象形、随类赋彩。总之,这三点,至少就人物画而言,必须成为有机的整体,才是现实主义最高的实现。

关于气韵生动的解释,可以说,自谢赫提出来之后,一千几百年来的议论（包括日本的在内），直到今天还没有比较满意的结论。可是我们都不必为此而放弃应有的认识。顾恺之对人物画要求的传神，"六法"中字面上虽未涉及，我认为"气韵生动"就是"传神"的一定程度的发展，也即是谢赫对顾恺之的发展。我们不要忘记，顾谢之间至少有七十年的距离。从传神到气韵生动，是有其客观因素的。在中国浩如烟海的绘画文献资料中，对"气韵生动"曾经有过种种的解释，有一点比较一致的，就是认为气韵生动是不能脱离其他诸法而孤立存在的，是不能脱离现实基础的。

第二法是骨法用笔。这正是中国绘画以线条为构成原则的具体说明。在谢赫时代，这点虽未见重视，而色彩是极其重要的。实际上这些还不是人物画的重点，重点在于"骨法"。据我们的体会，骨法是独立形象（人物，有时候一点一画也可以）的构成基础，而这基础是伴着用笔而产生的。

为了不致盲目地孤立地追求气韵生动，主观地空洞地显示骨法用笔，那么，正确的细致的观察，表现物象的形色，是不能大意的。

第三法的应物象形，第四法的随类赋彩，所谓的"以形字形,以色貌色",其实便是顾恺之所说的"实对"。

由此可知,中国绘画(人物)现实主义的理论基础,应该是:从客观的现实出发(实对——应物象形,随类赋彩),通过主观的加工(迁想妙得,骨法用笔,经营位置),从而统一地有机地创造性地体现物象(传神——气韵生动)。

一九五三年十一月十九日

明清之际的中国画[①]／傅抱石

"明四家",仇英、唐寅大致是工细和青绿重着色的系统,沈周、文征明是水墨淡彩的系统,后者是被士大夫认为正宗的。事实上,四家中都是以宋或元为最高轨范,从远处看,他们规模法度还是"宋"或是"元"的。代表明代的,画面上似还没有建立完全而清晰的轮廓。假使有所表现,就是我在上面说过的"太平气象",所谓盛世之

[①] 本文为傅抱石著《中国之绘画》末章中之一段。曾于一九四七年四月发表于《京沪周刊》第一卷第十六期。标题为编者所加。写作时间不详。

音是也。

　　艺术的兴废，往往与时代恰成反比。第二代的前半，大部是第一代的延长，加以咀嚼，加以融化，慢慢地第二代的面目形成了。等到我们看得相当清楚时，不消说，第三代又在那里等待着延长它了。所以时代的面目也者，是这一波纹的最高度，摆在当前的是向下倾斜的线纹，这表示着你非动不可，当你起步之时，又往往所谓乱世之音已隐隐响着多时。根据这往下看，第十七世纪的百年当中——大体为明的末叶到清的初叶——是二十世纪以前中国绘画史上最后一个无力的波纹。在波纹最高处的画家，非常拥挤，有老头儿，也有青年，有得意的，也有失意的。画山水的固绝大多数，也有画人物花鸟的。现在不妨对这伟大的行列用另一种眼光来展望一下。

　　这一群画家悠闲而参差地走着。因为人多，有的不十分看得清楚。最熟悉的是探源董巨风头最健的"云间"宗主董其昌，开创娄东支配以后三百年山水的王时敏，和王鉴、李流芳、杨文聪、张学曾、程嘉燧、卞文瑜、邵弥七位在一起，载言载行，状甚得意。原来这是吴伟业祭酒所推重的"画中九友"。接着便是萧云从和孙逸江左二家，正在讨论太平山水的画法。孙逸则拼命主张去画黄山，靠近萧的左边，忽一老者时而怒视一下前面的王时敏，引吭高歌着"广陵散从此绝"！萧问孙："此何人？"孙曰："他是浙派大家蓝田叔——蓝瑛，他是反对娄东派的……"话犹未了，只见王翚、王原祁二位加紧脚步赶向前面去，吴历和恽寿平则安详地踱着。这时候，志不在以人物千古的陈洪绶，心中在念着山东的崔子忠，因他俩有"南陈北崔"之号，总算是难得的神交。陈的后面是曾被强奸民意而应博学鸿词入京大哭的傅山，和昇州道士张风。傅山紧握着老拳大骂赵子昂，张风笑着对他道："老兄，何必骂得那么远，前前后后，值得骂的还少了吗？"不防身边有四位和尚——髡残、弘仁、朱耷、道济——弘仁很沉默而颇有得意之感，似乎又在研究云林的折带皴，忽地念念有词："若我收到了他的《西林禅宝》或者《狮子林图》，元朝人的东西看也不要看了。"这话恰被南京清凉山下扫叶的龚贤听得清楚，便说："倪云林的用墨，是万万不及吴仲圭的呀！"弘仁抬头一望，见他左右有樊圻、高岑、邹喆、吴宏、叶欣、胡慥、谢荪一伙人，知道他们是从南京来的"金陵八家"，转身便走。后面远远的还有不少的人……

从扬州来的"八怪",以《百骏图》自傲、从意大利来的郎世宁和在太仓集合同来的"十哲"……自"十哲"以后的人,过半数抱着一部一六七九年出版的山水树石的百科全书《芥子园画传》。

　　伟大的行列已过去了。他们留给中国绘画的是些什么?不过是中国绘画极度的沉滞。然而就他们本身论,也各有千秋的所在,像六家的山水,老莲的人物,和苦瓜的高艺及其思想。

彩色木刻画的创作[①] / 郑振铎

中国的彩色木刻画的创作，和她的木版印刷及木刻画的发明相同，乃是世界上最早的。究竟彩色木刻画发明于何时，我们已不能知道。但用朱墨两色套印的书，则起源甚早。远在元代的后至元六年（1340年）印行的《金刚经注》[②]就是用朱墨两色套印的。在明代，用蓝墨印的书籍也

[①] 本文选自《中国古代木刻画史略》。写作时间不详。本文的注释除标注外，其他均为作者所加——编者注。
[②] 《金刚经注》，是今所知的最早的朱墨两色套印本。离今已六百十余年了。南京图书馆藏。

不在少数。像嘉靖本的《便民图纂》[1]，活字本的《墨子》[2]，万历末的《泰兴王府画法大成》[3]都是蓝印的。在印刷上使用彩色颜料，恐怕是相当普遍的。到了天启时代（1621—1627年），湖州的凌、闵二家就大量地刷印朱墨二色的或朱、墨、黄、蓝四色的评点的古书读本了[4]。明末版的《今古舆地图》[5]也是用朱墨两色印刷的。但彩色木刻画却未曾出现过。凌氏所刻的传奇，插图上的题字用过朱色印刷，曾见过一部《程氏墨苑》，说是彩色套印的，也不过是把二十八宿真形图上的"奇字"，用朱墨刷印出来而已[6]。但

---

[1] 《便民图纂》，明嘉靖年间刻本是用蓝色刷印的。北京图书馆藏。

[2] 活字本《墨子》原为海源阁旧藏。失踪已久，近乃归北京图书馆所有。此是蓝印本，为今所知的《墨子》的一个最早的本子。

[3] 《泰兴王府画法大成》，八卷。明朱寿镛撰。明万历时蓝印本，此是人间孤本，似是山东刻的。凡明代山东刻的书，多喜用蓝色刷印。我曾藏一部明鲁藩刻的袖珍本《中原音韵》，也是蓝色印的。惜不知何时为人盗去。此《画法大成》幸未失去。

[4] 凌、闵二家所刻的，以朱墨两色套印者为多。凌氏多刻小说、戏曲书，闵氏则多刻经、子及诗文集的选本。这些选本多选用好纸佳墨，并以细色细加眉批、旁注及圈点，大便读者，故流行甚广。四色印者仅见《世说新语》一种，亦闵氏刻也。

[5] 《今古舆地图》之类的朱墨套印本较多见，北京图书馆即藏之。

[6] 曾见王孝慈处有此种本子的《墨苑》，今不知何往。我的一部彩色印的《墨苑》，其二十八宿真形图上的文字也是用朱墨印的。

过了几年,终于把《程氏墨苑》的彩印本寻找到了[①]。这部书藏于天津陶氏。我为要读它,特别跑到天津去。的确,其中的一部分木刻画是用彩色刷印的。这恐怕是今天所知道的最早的彩印木刻画了(万历二十二年,即1594年)。

仔细地一页页翻阅着,不厌求详地把有彩图的木刻画都记录了下来,并录下其所使用的色彩。工作了两天,才告完成。这时,我们才知道,最早的彩色木刻画是用很原始的方法刷印的。正像明代所流行的在黑白的木刻画上涂染上金碧辉煌的颜色一样,《墨苑》的编者程大约,也在他所刻的木板上按照应该渲染的色彩,如树干要用棕色,树叶要用绿色等等,涂刷上各种颜色,然后加以刷印。因之,他用的还是同一块木版,不过是在木版上先涂刷好彩色,然后再印刷出来,而不是于印刷之后,再在纸上着色的。这方法比较复杂,困难也多,间时要用好几枝彩色笔

[①] 彩印本《程氏墨苑》国内只此一部。闻日本某处尚有一部,未知是否相同。知陶氏有此书已久,二十多年前,乃到天津访之。此本全部是图,并没有文字,凡十二册。是程氏的最初印本,墨香犹扑鼻而来。十多年前,陶氏在上海病甚,将不起。我托赵万里先生向他询及此书。他乃于病榻上将此本交给赵君,售予我。此书归我不数日,陶君即下世。念之,有"车过腹痛"之感!

在木刻画上涂抹着。如果相隔的时间过久，则早时涂染上去的某种彩色就已干燥，印刷不出来了。故常常有或浓或淡，时润时枯之失。总计全书用彩色印刷的只有五十多幅，其中较精善的不过十多幅而已。其余的，不是彩色单调，就是印刷时有败色。这是最初期的试验，其失败是难免的。

但因为程大约在《墨苑》上的大胆的尝试，竟激起了此后的彩色木刻画的大量出现。就在不久之后，文人学士们开始用彩色来印刷"诗笺"了——从前也有雕花、印花的诗笺，却都是单色的。新安黄一明刻《风流绝畅图》（万历三十四年即1606年刻）[1]（据著录，该本序文署东海病鹤居士撰，文中有丙午春字样。也有认为是康熙丙午年的。）也使用上了彩色。但未见原书，不知是否仍为《墨苑》式的。

万历年间出版的一部《花史》[2]（不知是否此名，我曾

---

[1] 彩印本《风流绝畅图》在日本，始终未得一见，只见到复制的一幅而已。不知是不是逗板套印的。若果为逗板彩印之作，则虽是亵图，却成为不朽之创作了，颇疑只是《墨苑》式彩色刷印本也。

[2]《花史》不知撰者姓氏，也不知是否此书名，只有旧书签，写着"花史"二字而已。亦是彩色制印本。我二十多年前曾得到残本一册，是"夏"花的一卷（原书当分春、夏、秋、冬四卷）。十年后，又得到一册，是"秋"花和"冬"花的二卷。这样，就只缺首卷"春"花了。不知何时始得配齐此一绝世佳本也。

得到残本一部),其彩色刷印的方法,则完全与《墨苑》相同。各式各样的花卉,都用其原来的颜色涂刷上去,叶子则用的是绿色,葵花用黄色等等。但其所用的彩色,并不怎么鲜艳,这是因为初期试用的原因。不知究竟是程大约仿效了它,还是它袭取了《墨苑》的。这书的编者不详,刻工也不署名。但其与《墨苑》为同一时期的作品,则可以相信。

最初期的彩色木刻画,有这两部书作为"典型"的范本,是足够说明我国的这个印刷技术发展的历程了。初期的尝试之作,总不免是比较原始的、粗糙的。但他们是如何地具有惊人的创造性,如何能大胆地力求实现这个试验啊。

我国印刷技术进步得很快。不知什么人又从这个原始的彩印技术上加了种种的改进。逗板套印之术发明了。最初,大概只是用在印刷"诗笺"之类,并未成书。到了崇祯末(1643—1644年),胡正言刊行他的《十竹斋书画谱》[①]和

[①] 《十竹斋书画谱》,今日所见者,都为恶劣不堪入目的翻刻的坊本,而得者皆珍之曰原刻。翻刻本亦有稍佳者。清初开花纸刷印的一种,当是用原来板子彩印的。故墨光如漆,彩色鲜艳。我藏有一部,稍有欠页。北京图书馆藏有白棉纸刷印的残本,则真是原刻初印之书了。

《十竹斋笺谱》①，彩色木刻画的基础才算完全奠定下来。

胡正言②字曰从，上元人。同治《上江两县志》（卷十六）云："官中书舍人，戴本孝题其九十授经图诗云：传家在春秋，筹国蕴忠孝。竹素金石文，颉籀探壸奥。"然他的《十竹斋印谱》却又自署为海阳人。盖他本是徽人而寄籍上元的。李于坚云："其为人醇穆幽湛，研综六书。若苍籀鼎钟之文，尤其战胜者。……时秋清之霁，过其十竹斋中，绿玉沉窗，缥帙散榻。茗香静对间，特出所镌笺谱为玩。一展卷而目艳心赏。信非天孙七襄手，曷克办此！曰从庄语余曰：兹不敏代耕具也。家世著书，不肩畚耜，忆昔堂上修髓之供，此日屋下生聚之瞻，于是托焉。何能不私一艺而耻雕虫耶？"（《笺谱》序）这话，说明了胡

---

① 《十竹斋笺谱》，曾见王孝慈有此书，曾假来交荣宝斋照式翻刻。未及成，王氏下世，书归北京图书馆。仍得继续镌刻，终溃于成。但不久，我也从徐绍樵处得到一部。他是由淮扬某地购得的。孝慈本有缺页不少。我这个本子也有阙佚，但可补孝慈本。前几年，荣宝斋重印此书，乃将我的藏本取去，将阙佚之页，一一补全。荣宝斋翻刻者，有虎贲中郎之似，今亦成"珍本"矣。

② 胡正言，字曰从。周亮工《印人传》（卷之一）云："曾官中翰，最留心于理学，旁通绘事。尝缩古篆籀为小石刻以行，人争宝之。盖曰从虽休宁人，而家于秣陵，故秣陵籍以为重。今八十余，神明炯炯，犹时时为人作篆籀不已。"

正言是经营出版事业的。他刻过不少书，同时，也造笺、治印，和当时在南京的士大夫们时相往返，年至九十以上方卒。他在艺术上的成就是高的。这两部彩色木刻画集，《书画谱》与《笺谱》不仅在彩印木刻的技术上创造了许多新的东西，而且，后来的彩色木刻竟也没有超越过他的。我们可以说，这两部书足以表现中国木刻画史上最高的成就。他开辟了一条新的道路，特别是"逗板""拱花"之术，"后来"是很难"居上"的。

所谓"逗板"就是用好几块的木板，拼成一幅图画，每块使用一种颜色，按次序逐渐地刷印起来，就成了一幅五彩缤纷的彩色木刻画了。这方法未必是胡正言创造的，但他对这个方法必定有所改进，有新的贡献，是完全可信的。"逗板"之难有三：一在仔细观察画稿，把原画的色彩分析得十分明白透彻。然后像"分色镜"似的，把每一个不同的彩色，都画出一张不成画的画稿本。可能会有七八张到十多张这样的分析出来的各色的画稿；二是刻工们按照这些各种画稿，一笔不苟地照式镂雕出来。每一画稿是一块木板，形状各别，大小不同；三是印刷者把那些不成画样的各个木块对照原画，仔细地观察研究，哪一种颜色应该先刷,哪一种颜色应该在第二步再套印上去等等,然后,才把应该先行刷印的那一块木板,按原画的部位,粘定在工作凳上(今所知的是用膏药粘的,因其不会移动),刷上那一种彩色,加以刷印。印毕,再取来第二块木板,又仔细地对照原稿,反复试印,反复移动,直到完全吻合原画的地位为止。每一块木板,刷印时都要如此地再三再四地试印。所以一幅彩色木刻画的成功,不知要绞尽了多少印刷工人们的脑汁。①

"拱花"之术可能是胡氏的新的发现,那就是说,在白纸上有某些形象不用颜色来表现它们,而将凸板的木块衬托在纸下,用木椎来敲打,使之成为浮雕的样子。(据所知,明末制作"拱花"的方法曾传入日本,谓之"空摺"。但此法在国内却已失传。像今天北京荣宝斋的制作方法。)像天空的白云,桥头的流水,白色翎毛的仙鹤,红花绿叶的脉纹等等,都可用"拱花"的方法,将它们显露于画面上。这个方法使彩色木刻画的内容与情调更加丰富多样,而且增加了表现的功能。如果不是用"拱花"之术,那么,

---

① 详见我的《访笺杂记》(附于《北平笺谱》后)。

凡白色的东西，在白纸上就没法表现出来了。这个发明虽然后来不大推行采用，却仍是一个很有天才的发明。

《十竹斋书画谱》屡经后人翻刻，弄得面目全非。但其原刻本实是精美异常的。凡八集，每集用蝴蝶装，装为二册。在这煌煌巨制的十六册里，差不多每一幅画都是清隽耐赏的。飞鸟的姿态是活生生的，花卉的颜色是鲜艳欲滴的，蔬果是晶润饱满的，各有特征，兰花是箭叶披拂，幽花吐香。梅、竹二谱尤为精彩。《梅谱》极尽了"暗香"、"疏影"之致，缺月黄昏，一枝横窗，那意境是幽悄悄的，若微闻暗风送来清香。《竹谱》也刻得纵横得势，豪放异常，大类手绘，不像是硬木块上雕出来的。

《十竹斋笺谱》印行于崇祯末年（1644年），恰是集合了十竹斋历来所镌的"诗笺"而汇印成册的。在技术上，较之《书画谱》似又更进一步。"拱花"之术在《书画谱》里不曾用过，在这里却大量地使用了。《书画谱》的范围很窄，只限于花鸟果木、梅竹兰石，但《笺谱》则范围广大得多了，眼界大宽，以至包括了不少的古人韵事嘉言。其表现的方法，则完全推翻了陈陈相因的"据事直写"的死硬的刻法，而运之以精心，施之以巧术，灵活清空，脱尽俗套，却又表达内在的情调和故事的主题,毫不失之虚幻不切。《笺谱》凡四卷:第一卷收"清供"、"华石"、"博古"、"画诗"、"奇石"、"隐逸"、"写生"等,共六十二幅。像"画诗"那样地以画写诗,是《书画谱》里所未曾有的。其中云影波花皆用"拱花"法印出,尤为匠心独运。"隐逸"十种,写古逸士列子、韩康、安期生、黄石公、陆羽诸人,是很成功的写"人物"之作;第二卷收"龙种"、"胜览"、"入林"、"无法"、"凤子"、"折赠"、"墨友"、"雅玩"、"如兰"等,共七十七幅。其中"无花"一套,凡八幅,全用"拱花"之术,初视无物,细看乃知其精。"凤子"八幅是彩色套印的最美艳的种种蝴蝶的飞翔之态;第三卷收"孺慕"、"棣华"、"应求"、"闺则"、"敏学"、"极修"、"尚志"、"伟度"、"高标"等七十二幅,全是人物画却通体不着一个人物,全用象征之法,以一二器物代表全部的故事,如写季札解剑,则只画了一把宝剑,写陈蕃下榻,则只画一榻之类。这是一个创造性的画法,未必要推广,却是一种聪明异常的技巧;第四卷收"建义"、"寿征"、"灵瑞"、"香雪"、"韵叟"、"素宝"、"文佩"、"杂稿"等,共六十八幅。"素宝"和"无花"相同,也是以"拱花"术压印出没色的古鼎彝圭璧之类。这类"素宝"、"无花"大约最适宜用于"诗笺",以其不碍挥毫也。"韵叟"八幅,以简笔法写种种动态的人物,着墨不多,而人物的神韵直跃然纸上,可算是此时最好的人物画之一部分。①

为胡正言作画稿的,有高阳、高友诸人。② 可能他自己也会画。在这里,刻工是难于独显身手的。彩色木刻画是一种集体的创作,从画家、画"刻稿"的人,到刻工、印刷者,至少是有四道关口,可能还有一位指挥者或出主意者,像胡正言者,参加在内,缺一不成,合作的不好也不成。这说明了彩色木刻画的传统为什么不容易继承下来,更难于发扬光大的一个原因。这个彩色木刻画的高峰是不容易让后人爬登上去的。

受了胡正言的影响,清初的笺肆或出版家也印行些"笺

---

① 这种画法,即所谓"写意",也就是《芥子园画传》里所谓"极写意人物",可能这种画法"古已有之",但只是山水画里的"点景人物"而已。作为单独的画幅出现,当创始于胡氏。

② 高阳字秋甫,四明人。画花鸟,笔意纵横,天真灿烂,写生名手。画石种种,极精形似,见《画史会要》及《无声诗史》。又高友字三益,亦四明人,善画,疑与高阳是一家。

谱",像《殷氏笺谱》①（约 1650 年）、《萝轩变古笺谱》②（约 1670 年）等。《殷氏笺谱》迄未见到原书。《萝轩变古笺谱》则有复刻本。《萝轩》是康熙时人翁嵩年所辑，他号萝轩，因以命名。他们的彩色木刻画的刷印方法，全仿之胡正言，没有什么新的创作，不过其工致精彩处却能追得上"十竹斋"。

在康熙时代（1662—1722 年），另一种新的彩色木刻画的方法创造出来了。最早创造这个方法的，当是《湖山胜概》③一书的作者。这部彩色木刻画集，专门描写西湖及钱塘江的景色，作者当是杭州人。他不用当时流行的"逗板"法。他以黑色线条的木刻画为主，先将刻好的黑色画刷印出来，然后，再以不同的木块刷印上不同的彩色。仿佛是用手着色的，其实却仍是刷印的，效果很不错。康熙

---

① 《殷氏笺谱》未见，今在日本。东京美术研究所出版的《支那古版画图录》，曾介绍之。
② 《萝轩变古笺谱》原刊本未见。收著者有日人大村西崖的画本丛刊本。
③ 《湖山胜概》此书未之前见。北京图书馆近从邃雅斋购得。刷印之术不甚精，可能是后印本。但实是彩色印刷书籍里的应该仔细研究的一个本子。

十四年（1675年）出版的《西湖佳话》①，其卷首插图，也用了这个方法，但更进一步，有的地方，使用了没骨画法，像一道红抹的晚霞，像暴风雨将来时的乌云，却都径行刷印上画面去，不用任何黑线。这方法似较好。因此比较更显得丰富多样。

《芥子园画传》②在康熙十八年（1679年）出版。这是享名极盛的一部书，一向被视为中国木刻画的代表作。但原刻初印本极为难得，一般所见到的也只是"依稀仿佛"的后印本或翻刻而已。这个画谱专讲究画山水之法。为之

---

① 《西湖佳话》，清墨浪子辑。叙的都是西湖上的名人事迹。但和周清原的《西湖二集》又不同。卷首附彩色插图十一幅。第一幅是全景，其余十幅，分写"西湖十景"。我有其书，北京图书馆亦有之。

② 《芥子园画传》题"李笠翁先生论定，绣水王安节摹古"。首有笠翁序，道："因语家倩因伯曰：绘图事，相传久矣。奈何人物翎毛花卉诸品皆有写生佳谱，至山水一途，独泯泯无传。岂画山水之法，洵可意会，不可形传耶？抑画家自秘其传，不以公世耶？因伯遽出一册，谓予曰：是先世所遗，相传已久。予见而奇之，细为玩赏，委曲详尽，无体不备，如出数十人之手。其行间标释，书法多似吾家长蘅手笔。及览末幅，得李氏家藏及流芳印记，益信为长蘅旧物云。但此系家藏秘本，随意点染，未有伦次，难以启示后学耳。因伯又出一帙。笑谓余曰：向居金陵芥子园时，已嘱王子安节增辑编次久矣。迄今三易寒暑，始获竣事。予急把玩，不禁击节，有观止之叹。"叙述《画传》来历甚详。原有李流芳秘本，王安节增、补、整齐之，成为此传，实是古今论山水画法的第一部书也。我有原刻本数部，无一部是初印者。

作画稿的是王概（字安节）①。在这部画谱里，也附有若干幅的彩色木刻画。那是属于《湖山胜概》和《西湖佳话》一类的。其彩色是后来刷印上去的，技巧并不高明，但部分袭用了《西湖佳话》式的印法，就显得比较突出。但这一类的彩印方法，后来却并没有什么人继承下来。这是很可怪的。可能已被认为比较幼稚而被舍弃了。

"芥子园②"是李渔（号笠翁）的花园。他在明末已以写作戏曲出名。《笠翁十种曲》③传遍天下，演唱者不绝于时。但他的才能不止于此。他是多方面的，也能布置园庭和内室等等，总之，是一位高才的"清客"之流。他想起刻印这部《芥子园画谱》可能是偶然的。因为这几位画家朋友，他们积存了不少画稿，他便一时感到兴趣，发起刊印。在古时，好事之徒往往会成为有创造性成就的人。他们不墨守成规，因之，便会有新的道路发现在其前面了。题作"芥

---

① "王槩字安节，善画山水。其兄蓍，字安草，工花卉翎毛。兄弟皆能诗，往往可诵。著本名广，槩本名丐，后改今名"（《渔洋说部精华》诗话下）。槩，秀水人，家金陵。又王臬，槩昆季，亦以画擅名。

② 李渔的芥子园，是他晚年在南京所筑别墅，并自题对联云："到门惟有竹，入室似无兰。"

③ 《笠翁十种曲》，清李渔著，雍正八年芥子园刻本。初印本甚精善，中多插图。有描园庭景致厅堂陈设者。

子园甥馆沈心友刻",沈氏是笠翁之婿,可能是托名于他。①

《李笠翁评本三国志演义》②出版于此时的前后(约1680年)其插图乃是了不起的彩色木刻画里的巨作。每一章都有两幅图,总在二百个图以上,是用彩色刻出的。这个工程够多么巨大。不使用彩色原也可以,因为黑线条的木刻插图,已经是很完整的东西了。但李笠翁却别出心裁,把一块块的红色、黄色、蓝色等等,按照应该渲染上去的颜色,再行套印上去。如此,图中的两个人物,一个穿了红袍,那一个就穿上黄衣了。活像用手着色,其实却是套印。这样的彩印方法,较之《湖山胜概》型,似又进步了些。想出这样的办法来可能是摹仿着许多儿童、少年惯把小说插图涂上了各种彩色的举动。

《芥子园画传二集》③出版于康熙四十年(1701年),分四卷,是梅、兰、菊、竹的四谱,作谱者是诸升和王氏

---

① 王概在《芥子园画传二集》的序里曾说:"……埭有津逮而始终不忘先外舅与芥子园,都非恒情可及'子证以西湖之传路史。余则叹非路史不足以传西湖,其镬水异芥子园之谓乎。"

② 《李笠翁评本三国志演义》我见过后印本,亦有插图,却不是彩色刷印的。此本殆是人间孤本。我从来薰阁得到残本十六册(应该是二十册,尚缺四册,盖无从记了)。

③ 《芥子园画传二集》我藏有初印本。

兄弟等，经营刻印者也是李渔的女婿沈心友。他仍以这个为广大读者所知道的"芥子园"的名义，进行着出版事业的活动，是有很大的方便的。《二集》的彩色木刻画，使用着各种不同的方法，像《梅谱》、《菊谱》都用的是彩印本《三国志演义》的办法，先刻好了黑线条的木刻画，然后再套印上颜色。套印时，有了深浅浓淡之别，且有两种颜色紧接地印在一块的，效果甚好，不像《三国志演义》插图那么呆板板的，看得出是后来着色的。兰、竹二谱尤为光彩照人。《兰谱》多半用深浅的墨色渲染烘衬着，虽是一色，却具有多种颜色之感，即所谓"墨具五色"者是。《竹谱》里有朱竹，有嫩绿色的竹丛，均有浅深，且都用的是"没骨画法"（《兰谱》）也是如此，更显得与出自画家画笔之下者无异。

《芥子园画传三集》[①]也是同一年（1701年）刊出的，只有两类，一是花鸟，二是草虫。作者也是王概昆季，经营出版者仍是沈心友。像初集、二集一样，把作画的秘诀

[①]《芥子园画传三集》有翻刻本，不堪入目。有正书局重印的一部，以珂罗版作底子，以后再刷以彩色木板，或竟用手着色于上，似足眩人眼目，其实却恶俗之至。不见原刻初印本，简直看不出《三集》有什么好处，此原刻初印本，我得之修文堂孙实君处，殆是孤本。

说得很详细，有一半篇幅是指导初学者如何入手的。难怪《芥子园画传》是那样流传遍海内外了，是被当作学习中国画的教科书之用的。彩色木刻的花鸟与草虫图，占了两本，有的用"逗板"法，有的用"没骨画法"，有的用《西湖佳话》型的方法，综合诸方，而并不显得乱。盖使用了各式各样的技术，而均能得心应手地纯熟地指挥如意，是需要很大的功力的。

乾隆年间（约1750年）盛行着"怡府笺"，大类"十竹斋笺"。纸幅的下角刻有精致细巧的彩色木刻画。其实未必都出于怡王府，可能是当时南纸店盛行的一种笺式，现在还存在不少，但迄无合印之为"笺谱"的。其图形纤巧异常，"逗板"、"拱花"，式样翻新，有许多尚是十分新颖可喜的，方之"十竹斋笺"，无肯多让。

乾隆版的小型的《耕织图》[①]（约1750年刻），乃是刻《棉花图》的方承观所刻印。坊肆间每传有彩印本《耕织图》，踪迹之，则皆是用康熙版着色者。此真是双色套印者。远山远树，则用蓝色，余者皆用墨色，二者套印，乃显出深

[①] 《耕织图》蓝、黑套印本，当是方氏创作（从前不曾有过用蓝、黑二色套印的东西）。我于二十多年前，得之北方。

浅远近之景。这方法似前人未曾用过，亦是一创作也。图的上方，有康熙、雍正、乾隆三帝的诗。据说是为了制造"耕织图墨"而刻的，故是小型的。

此后，经一百二三十年，彩印之术不传。直到清末（约1900年），方才有好事之徒，刻印彩色诗笺，相与传赏，画家们也开始为诗笺作图。1910年到1930年间，此风尤盛。旧样翻新，无式不备。林纾、姚华、陈师曾辈，无不乐为厂肆挥毫。齐白石诸人亦均为小幅画稿付之刊刻。1934年，鲁迅和我，乃择其尤佳者，编为《北平笺谱》[①]一书。凡六册，入选者近四五百笺。此乃五十年来彩色木刻画之一大总集。不仅总结了前人的事业，也开启了新派的先路。今日北京荣宝斋日新月异的彩色木刻画的出产，就是在这个基础上发展起来的。不承前何以启后？此足以充分说明继承与批判地接受民族的文化艺术遗产的重要性。中国木刻画史当以此书为旧账之总结了。

但尚须一提及十年后（1943年）成都郑氏的业绩。他

---

① 《北平笺谱》初印一百部，再版一百部。今已成为珍品。不可复得，首有鲁迅序，后有我的跋及《访笺杂记》。

也将其所刻的彩色诗笺，集印为《成都诗婢家笺谱》[①]，其中多袭用《北平笺谱》的资料，但也有其新的创作。

彩色木刻画的发展，是断断续续的，自从彩色本《程氏墨苑》出现于1594年以来，已经有三百六十多年的历史了，中间几经中断。今日则承前启后的工作做得很好，而且已经到了发扬光大的阶段。彩色木刻画的前途是光辉灿烂的。

---

① 《成都诗婢家笺谱》凡二册，颇易得。

师说：痴玩雅趣

论形体——介绍唐仲明先生的画[①] / 闻一多

　　仲明先生在绘画上的成功是多方面的，内中最基本的一点，是形体的表现。要明白这一点的意义的重大，得远远地从头讲来。

　　绘画，严格地讲来，是一种荒唐的企图，一个矛盾的理想。无论在中国，或西洋，绘画最初的目标是创造形体——有体积的形。然而它的工具却是绝对限于平面的。在平面

[①] 原载一九五六年十一月十七日上海《文汇报》副刊《笔会》，署名"闻一多先生遗作"。

上求立体，本是一条死路。浮雕的运用，在古代比近代来得多，那大概是画家在打不开难关时，用来满足他对形体的欲望的一种方法。在中国，"画"字的意义本是"刻画"，而古代的画见于刻石者又那么多，这显然告诉我们，中国人当初在那抓不住形体的烦闷中，也是借浮雕来解嘲。这现象是与西方没有分别的。常常有人说中国画发源于书法，与西洋画发源于雕刻的性质根本不同。其实何尝有那样一回事。画的目标，无分中西，最初都是追求立体的形，与雕刻同一动机，中国画与书法发生因缘，是较晚的一种畸形的发展。

　　大概等到画家不甘心在浮雕中追偿他的缺欠，而非寻出他自家独立的工具不可的时候，绘画这才进入完全自觉的时期。在绘画上东方人与西方人分手，也正是这时的事。西方人认为目的既在创造有体积的形，画便不能，也不应摆脱它与雕刻的关系（他的理由很干脆），于是他用种种手段在画布上"塑"他的形。中国人说，不管你如何努力，你所得到的永远不过是形的幻觉。你既不能想象一个没有轮廓的形体，而轮廓的观念是必须寄于线条的，那么，你不如老老实实利用线条来影射形体的存在。他说，你那形的幻觉无论怎样奇妙，离这真实的形，毕竟远得很。但我这影射的形，不受拘挛，不受污损，不迁就，才是真实的形。他甚至于承认线条本不存在于形体中，而只是人们观察形体时的一种错觉，但是他说，将错就错也许能达到真正不错的目的。这样一来，玄学家的中国人便不知不觉把他们的画和他们的书法归进一种型类内去了。

这两种追求的手段，前者可以说是正面的，后者是侧面的。换言之，西方人对于问题是取接受的态度，中国人是取回避的态度。接受是勇气，回避是智慧。但是回避的最大流弊是"数典忘祖"。当初本为着一个完整的、真实的形体而回避那不能不受亏损的幻觉的形体，这样悬的诚然是高不可攀。但悬的愈高，危险便愈大。一不小心，把形体忘记了，绘画便成为一种平面的线条的驰骋。线条本身诚然具有伟大的表现力，中国画在这上面的成绩也委实令人惊奇。但是以绘画论，未免离题太远了！谁知道中国画的成功不也便是它的失败呢？

认清了西洋画最主要的特性，也是绘画自身最基本的意义，而同时这一点，又恰好是以弥补中国画在原则上令人怀疑的一个罅隙——认清了这一点，我们便知道仲明先生的作品的价值。仲明先生的成就不仅在形体上，正如西洋画的内容也不限于形体的表现一端，但形体是绘画中的第一义，而是再也没有比它更重要的了，那么，要谈仲明先生的成功，自当从这一点谈起，可惜的只是这样一次的篇幅，不许我们继续谈到其余的种种方面罢了。

一九三四年一月

学画回忆[①] / 丰子恺

假如有人探寻我儿时的事,为我作传记或讣启,可以为我说得极漂亮:"七岁入塾即擅长丹青。课余常摹古人笔意,写人物图,以为游戏。同塾年长诸生竞欲乞得其作品而珍藏之,甚至争夺殴打。师闻其事,命出画观之,不信,谓之曰:'汝真能画,立为我作至圣先师孔子像!不成,当受罚。'某从容研墨抻纸,挥毫立就,神颖晔然。师弃戒尺于地,叹曰:'吾无以教汝矣!'遂装裱其画,悬诸

[①] 原载一九三五年三月《良友》第一〇三期。

塾中，命诸生朝夕礼拜焉。于是亲友竞乞其画像，所作无不惟妙惟肖。……"百年后的人读了这段记载，便会赞叹道："七岁就有作品，真是天才，神童！"

朋友来信要我写些关于儿时学画的回忆的话。我就根据上面的一段话写些吧。上面的话都是事实，不过欠详明些，宜解释之如下。

我七八岁时——到底是七岁或八岁，现在记不清楚了。但都可说，说得小了可说是照外国算法的；说得大了可说是照中国算法的——入私塾，先读《三字经》，后来又读《千家诗》。《千家诗》每页上端有一幅木板画，记得第一幅画的是一只大象和一个人，在那里耕田，后来我知道这是二十四孝中的大舜耕田图。但当时并不知道画的是什么意思，只觉得看上端的画，比读下面的"云淡风轻近午天"有趣。我家开着染坊店，我向染匠司务讨些颜料来，溶化在小盅子里，用笔蘸了为书上的单色画着色，涂一只红象，一个蓝人，一片紫地，自以为得意。但那书的纸不是道林纸，而是很薄的中国纸，颜料涂在上面的纸上，会渗透下面好几层。我的颜料笔又吸得饱，透得更深。等得着好色，翻开书来一看，下面七八页上，都有一只红象、一个蓝人和一片紫地,好像用三色版套印的。

　　第二天上书的时候,父亲——就是我的先生——就骂,几乎要打手心;被母亲和大姐劝住了,终于没有打。我抽抽咽咽地哭了一顿,把颜料盅子藏在扶梯底下了。晚上,等到先生——就是我的父亲——上鸦片馆去了,我再向扶梯底下取出颜料盅子,叫红英——管我的女仆——到店堂里去偷几张煤头纸①来,就在扶梯底下的半桌上的"洋油手照"②底下描色彩画。画一个红人,一只蓝狗,一间紫房子……这些画的最初的鉴赏者,便是红英。后来母亲和诸姐也看到了,她们都说"好";可是我没有给父亲看,防恐吃手心。这就叫做"七岁入塾即擅长丹青"。况且向染坊店里讨来的颜料不止丹和青呢!

　　后来,我在父亲晒书的时候找到了一部人物画谱,翻一翻,看见里面花样很多,便偷偷地取出了,藏在自己的抽斗里。晚上,又偷偷地拿到扶梯底下的半桌上去给红英看。这回不想再在书上着色;却想照样描几幅看,但是一

---

① 指卷成纸筒后用以引火的一种薄纸。
② 作者家乡话,即火油灯。

幅也描不像。亏得红英想工①好,教我向习字簿上撕下一张纸来,印着了描。记得最初印着描的是人物谱上的柳柳州像。当时第一次印描没有经验,笔上墨水吸得太饱,习字簿上的纸又太薄,结果描是描成了,但原本上渗透了墨水,弄得很龌龊,曾经受大姐的责骂。这本书至今还存在,我晒旧书时候还翻出这个弄龌龊了的柳柳州像来看:穿着很长的袍子,两臂高高地向左右伸起,仰起头作大笑状。但周身都是斑斓的墨点,便是我当日印上去的。回思我当日最初就印这幅画的原因,大概是为了他高举两臂作大笑状,好像父亲打呵欠的模样,所以特别有兴味吧。后来,我的"印画"的技术渐渐进步。大约十二三岁的时候(父亲已经去世,我在另一私塾读书了),我已把这本人物谱统统印全。所用的纸是雪白的连史纸,而且所印的画都着色。着色所用的颜料仍旧是染坊里的,但不复用原色。我自己会配出各种的间色来,在画上施以复杂华丽的色彩,同塾的学生看了都很欢喜,大家说"比原本上的好看得多!"而且大家问我讨画,拿去贴在灶间里,当作灶君菩

---

① 作者家乡话,即办法。

萨；或者贴在床前，当作新年里买的"花纸儿"。所以说我"课余常摹古人笔意，写人物花鸟之图，以为游戏。同塾年长诸生竞欲乞得其作品而珍藏之"，也都有因；不过其事实是如此。

至于学生夺画相殴打，先生请我作至圣先师孔子像，悬诸塾中，命诸生晨夕礼拜，也都是确凿的事实，你听我说吧：那时候我们在私塾中弄画，同在现在社会里抽鸦片一样，是不敢公开的。我好像是一个土贩或私售灯吃的，同学们好像是上了瘾的鸦片鬼，大家在暗头里作勾当。先生坐在案桌上的时候，我们的画具和画都藏好，大家一摇一摆地读《幼学》书。等到下午，照例一个大块头来拖先生出去吃茶了，我们便拿出来弄画。我先一幅幅地印出来，然后一幅幅地涂颜料。同学们便像看病时向医生挂号一样，依次认定自己所欲得的画。得画的人对我有一种报酬，但不是稿费或润笔，而是种种玩意儿：金铃子一对连纸匣；挖空老菱壳一只，可以加上绳子去当作陀螺抽的；"云"字顺治铜钱一枚（有的顺治铜钱，后面有一个字，字共有二十种。我们儿时听大人说，积得了一套，用绳编成宝剑形状，挂在床上，夜间一切鬼都不敢来。但其中，好像是"云"

字,最不易得;往往为缺少此一字而编不成宝剑。故这种铜钱在当时的我们之间是一种贵重的赠品);或者铜管子(就是当时炮船上新用的后膛枪子弹的壳)一个。有一次,两个同学为交换一张画,意见冲突,相打起来,被先生知道了。先生审问之下,知道相打的原因是为画,追究画的来源,知道是我所作,便厉声喊我走过去。我料想是吃戒尺了,低着头不睬,但觉得手心里火热了。终于先生走过来了,我已吓得魂不附体。但他走到我的座位旁边,并不拉我的手,却问我"这画是不是你画的?"我回答一个"是"字,预备吃戒尺了。他把我的身体拉开,抽开我的抽斗,搜查起来。我的画谱、颜料,以及印好而未着色的画,就都被他搜出。我以为这些东西全被没收了:结果不然,他但把画谱拿了去,坐在自己的椅子上一张一张地观赏起来。过了好一会,先生旋转头来叱一声"读!"大家朗朗地读"混沌初开,乾坤始奠⋯⋯"这件案子便停顿了。我偷眼看先生,见他把画谱一张一张地翻下去,一直翻到底。放假[1]的时候我夹了书包走到他面前去作一个揖,他换了一种与前不同的语

---

[1] 指放学。

气对我说:"这书明天给你。"

明天早上我到塾,先生翻出画谱中的孔子像,对我说:"你能看了样画一个大的吗?"我没有防到先生也会要我画起画来,有些"受宠若惊"的感觉,支吾地回答说"能"。其实我向来只是"印",不能"放大"。这个"能"字是被先生的威严吓出来的。说出之后心头发一阵闷,好像一块大石头吞在肚里了。先生继续说:"我去买张纸来,你给我放大了画一张,也要着色彩的。"我只得说"好"。同学们看见先生要我画画了,大家装出惊奇和羡慕的脸色,对着我看。我却带着一肚皮心事,直到放假。

放假时我夹了书包和先生交给我的一张纸回家,便去向大姐商量。大姐教我,用一张画方格子的纸,套在画谱的书页中间。画谱纸很薄,孔子像就有经纬格子围着了。大姐又拿缝纫用的尺和粉线袋给我在先生交给我的大纸上弹了大方格子,然后向镜箱中取出她画眉毛用的柳条枝来,烧一烧焦,教我依方格子放大的画法。那时候我们家里还没有铅笔和三角板、米突[①]尺,我现在回想大姐所教我的画

[①] metre,即米。

法，其聪明实在值得佩服。我依照她的指导，竟用柳条枝把一个孔子像的底稿描成了；同画谱上的完全一样，不过大得多，同我自己的身体差不多大。我伴着了热烈的兴味，用毛笔勾出线条，又用大盆子调了多量的颜料，着上色彩，一个鲜明华丽而伟大的孔子像就出现在纸上。店里的伙计，作坊里的司务，看见了这幅孔子像，大家说"出色！"还有几个老妈子，尤加热烈地称赞我的"聪明"和画的"齐整"①，并且说："将来哥儿给我画个容像，死了挂在灵前，也沾些风光。"我在许多伙计、司务和老妈子的盛称声中，俨然成了一个小画家。但听到老妈子要托我画容像，心中却有些儿着慌。我原来只会"依样画葫芦"的！全靠那格子放大的枪花②，把书上的小画改成为我的"大作"；又全靠那颜色的文饰，使书上的线描一变而为我的"丹青"。格子放大是大姐教我的，颜料是染匠司务给我的，归到我自己名下的工作，仍旧只有"依样画葫芦"。如今老妈子要我画容像，说"不会画"有伤体面；说"会画"将来如何兑现？且置之不答，先把画缴给先生去。先生看了点头。

---

① 作者家乡话，即漂亮。
② 江南一带方言中有"掉枪花"的说法，即"耍手段"。

次日画就粘贴在堂名匾下的板壁上。学生们每天早上到塾,两手捧着书包向它拜一下;晚上散学,再向它拜一下。我也如此。

自从我的"大作"在塾中的堂前发表以后,同学们就给我一个绰号"画家"。每天来访先生的那个大块头看了画,点点头对先生说:"可以。"这时候学校初兴,先生忽然要把我们的私塾大加改良了。他买一架风琴来,自己先练习几天,然后教我们唱"男儿第一志气高,年纪不妨小"的歌。又请一个朋友来教我们学体操。我们都很高兴。有一天,先生呼我走过去,拿出一本书和一大块黄布来,和蔼地对我说:"你给我在黄布上画一条龙,"又翻开书来,继续说:"照这条龙一样。"原来这是体操时用的国旗。我接受了这命令,只得又去向大姐商量;再用老法子把龙放大,然后描线,涂色。但这回的颜料不是从染坊店里拿来,是由先生买来的铅粉、牛皮胶和红、黄、蓝各种颜色。我把牛皮胶煮溶了,加入铅粉,调制各种不透明的颜料,涂到黄布上,同西洋中世纪的 fresco[①] 画法相似。龙旗画成了,

---

① 壁画。

就被高高地张在竹竿上,引导学生通过市镇,到野外去体操。我悔不在体操后偷把那龙旗藏过了,好让我的传记里添两句:"其画龙点睛后忽不见,盖已乘云上天矣。"我的"画家"绰号更盛行,而老妈子的画像也催促得更紧了。

我再同大姐商量。她说二姐丈会画肖像,叫我到他家去"偷关子"。我到二姐丈家,果然看见他们有种种特别的画具:玻璃九宫格、擦笔、conté①、米突尺、三角板。我向二姐丈请教了些笔法,借了些画具,又借了一包照片来,作为练习的样本。因为那时我们家乡地方没有照相馆,我家里没有可用玻璃格子放大的四寸半身照片。回家以后,我每天一放学就埋头在擦笔照相画中。这原是为了老妈子的要求而"抱佛脚"的,可是她没有照相,只有一个人。我的玻璃格子不能罩到她的脸孔上去,没有办法给她画像。天下事都会巧妙地解决的。大姐在我借来的一包样本中选出某老妇人的一张照片来,说:"把这个人的下巴改尖些,就活像我们的老妈子了。"我依计而行,果然画了一幅八九分像的肖像画,外加在擦笔上面涂以漂亮的淡彩:粉

---
① 木炭铅笔。

红色的肌肉，翠蓝色的上衣，花带镶边，耳朵上外加挂上一双金黄色的珠耳环。老妈子看见珠耳环，心花盛开，即使完全不像，也说"像"了。自此以后，亲戚家死了人我就有差使——画容像。活着的亲戚也拿一张小照来叫我放大，挂在厢房里，预备将来可现成地移挂在灵前。我十七岁出外求学，年假、暑假回家时还常常接受这种义务生意。直到我十九岁时，从先生学了木炭写生画，读了美术的论著，方才把此业抛弃。到现在，在故乡的几位老伯伯和老太太之间，我的擦笔肖像画家的绰号依旧健在。不过他们大都以为我近来"不肯"画了，不再来请教我。前年还有一位老太太把她的新死了的丈夫的四寸照片寄到我上海的寓所来，哀求地托我写照。此道我久已生疏，早已没有画具，况且又没有时间和兴味。但无法对她说明，就把照片送到霞飞路的某照相馆里，托他们放大为二十四寸的，寄了去。后遂无问津者。

　　假如我早得学木炭写生画，早得受美术论著的指导，我的学画不会走这条崎岖的小径。唉，可笑的回忆，可耻的回忆，写在这里，给世间学画的人作借鉴吧。

一九三四年二月作

观画记[①] / 老舍

　　看我们看不懂的事物,是很有趣的;看完而大发议论,更有趣。幽默就在这里。怎么说呢?去看我们不懂得的东西,心里自知是外行,可偏要装出很懂行的样子。譬如文盲看街上的告示,也歪头,也动嘴唇,也背着手;及至有人问他,告示上说的什么,他以正在数字数。这足以使他自己和别人都感到笑的神秘,而皆大开心。看完再对人讲论一番便更有意思了。譬如文盲看罢告示,回家对老婆大谈政治,

---

① 载一九三四年二月《青年界》第五卷第二期。

甚至因意见不同，而与老婆干起架来，则更热闹而紧张。

新年前，我去看王绍洛先生个人展览的西画。济南这个地方，艺术的空气不像北平那么浓厚。可是近来实在有起色，书画展览会一个接着一个地开起来。王先生这次个展是在十二月二十三日到二十五日。只要有图画看，我总得去看看。因为我对于图画是半点不懂，所以我必须去看，表示我的腿并不外行，能走到会场里去。一到会场，我很会表演。先在签到簿上写上姓名，写得个儿不小，以便引起注意而或者能骗碗茶喝。要作品目录，先数作品的号码，再看标价若干，而且算清价格的总积：假如作品都售出去，能发多大的财。我管这个叫作"艺术的经济"，然后我去看画。设若是中国画，我便靠近些看，细看笔道如何，题款如何，图章如何，裱的绫子厚薄如何。每看一项，或点点头，或摇摇首，好像要给画儿催眠似的。设若是西洋画，我便站得远些看，头部的运动很灵活，有时为看一处的光线，能把耳朵放在肩膀上，如小鸡蹭痒痒然。这看了一遍，已觉有点累得慌，就找个椅子坐下，眼睛还盯着一张画死看，不管画得好坏，而是因为它恰巧对着那把椅子。这样死盯，不久就招来许多人，都要看出这张图中的一点奥秘。

如看不出,便转回头来看我,似欲领教者。我微笑不语,暂且不便泄露天机。如遇上熟人过来问,我才低声地说:"印象派,可还不到后期,至多也不过中期。"或是:"仿宋,还好;就是笔道笨些!"我低声地说,因为怕叫画家自己听见;他听不见呢,我得唬就唬,心中怪舒服的。

其实,什么叫印象派,我和印度的大象一样不懂。我自己的绘画本事限于画"你是王八"的王八,与平面的小人。说什么我也画不上来个偏脸的人,或有四条腿的椅子。可是我不因此而小看自己;鉴别图画的好坏,不能专靠"像不像";图画是艺术的一支,不是照相。呼之为牛则牛,呼之为马则马;不管画的是什么,你总得"呼"它一下。这恐怕不单是我这样,有许多画家也是如此。我曾看见一位画家在纸上涂了几个黑蛋,而标题曰"群雏"。他大概是我的同路人。他既然能这么干,怎么我就不可以自视为天才呢?那么,去看图画;看完还要说说,是当然的。说得对与不对,我既不负责任,你干吗多管闲事?这不是很逻辑的说法吗?

我不认识王绍洛先生。可是很希望认识他。他画得真好。我说好,就是好,不管别人怎么说。我爱什么,什么就好,没有客观的标准。"客观",顶不通。你不自己去看,而派一位代表去,叫作客观;你不自己去上电影院,而托你哥哥去看贾波林①,叫作客观;都是傻事,我不这么干。我自己去看,而后说自己的话;等打架的时候,才找我哥哥来揍你。

王先生展览的作品:油画七十,素描二十四,木刻七。在量上说,真算不少。对于木刻,我不说什么。不管它们怎样好,反正我不喜爱它们。大概我是有点野蛮劲,爱花红柳绿,不爱黑地白空的东西。我爱西洋中古书籍上那种绘图,因为颜色鲜艳。一看黑漆的一片,我就觉得不好受。木刻,对于我,好像黑煤球上放着几个白元宵,不爱!有人给我讲过相对论,我没好意思不听,可是始终不往心里去;不论它怎样相对,反正我觉得它不对。对木刻也是如此,你就是说得天花乱坠,还是黑煤球上放白元宵。对于素描,也不爱看,不过瘾;七道子八道子的!

我爱那些画。特别是那些风景画。对于风景画,我爱水彩的和油的,不爱中国的山水。中国的山水,一看便看

---

① 现多译为卓别林。

出是画家在那儿作八股,弄了些个起承转合,结果还是那一套。水彩与油画的风景真使我接近了自然,不但是景在那里,光也在那里,色也在那里,它们使我永远喜悦,不像中国山水画那样使我离开自然,而细看笔道与图章。这回对了我的劲,王先生的是油画。他的颜色用得真漂亮,最使我快活的是绿瓦上的那一层嫩绿——有光的那一块儿。他有不少张风景画,我因为看出了神,不大记得哪张是哪张了。我也不记得哪张太刺眼,这就是说都不坏,除了那张《汇泉浴场》似乎有点俗气。那张《断墙残壁》很好,不过着色太火气了些;我提出这个,为是证明他喜欢用鲜明的色彩。他是宜于画春夏景物的,据我看。他能画得干净而活泼,我就怕看抹布颜色的画儿。

关于人物,《难民》与《忏悔》是最惹人注意的。我不大爱那三口儿难民,觉得还少点憔悴的样子。我倒爱难民背后的设景:树,远远的是城,城上有云;城和难民是安定与漂流的对照,云树引起渺茫与穷无所归之感。《官邸与民房》也是用这个结构——至少是在立意上。最爱《忏悔》。裸体的男人,用手捧着头,头低着。全身没有一点用力的地方,而又没一点不在紧缩着,是忏悔。此外还有好几幅裸体人形,都不如这张可喜。永不喜看光身的大肿女人,不管在技术上有什么讲究,我是不爱看"河漂子"的。

花了两点钟的工夫,还能不说几句么?于是大发议论,大概是很臭。不管臭不臭吧,的确是很佩服王先生。这绝不是捧场;他并没见着我,也没送给我一张画。我说他好歹,与他无关,或只足以露出我的臭味。说我臭,我也不怕,议论总是要发的。伟人们不是都喜欢大发议论么?

一九三四年二月

假若我有那么一箱子画[①] / 老舍

在各种艺术作品中,我特别喜爱图画。我不懂绘画,正如我不懂音乐。可是,假若听完音乐,心中只觉茫然,看罢图画我却觉得心里舒服。因此,我特别喜爱图画——说不出别的大道理来。

虽然爱画,我可不是收藏画。因为第一,我不会鉴别古画的真假;第二,我没有购置名作的财力;第三,我并不爱那纸败色褪的老东西,不管怎样古,怎样值钱。

[①] 载一九四四年二月十三日《时事新报》。

我爱时人的画,因为彩色鲜明,看起来使我心中舒服,而且不必为它们预备保险箱。

不过,时人的画也有很贵的,我不能拿一本小说的稿费去换一张画——看画虽然心里舒服,可是饿着肚子去看恐怕就不十分舒服了。

那么,我所有的画差不多都是朋友们送给我的。这画也就更可宝贵,虽然我并没出过一个钱。朋友们赠给的画,在艺术价值之外,还有友谊的价值呀!举两个例说吧:北平名画家颜伯龙是我幼年的同学。我很喜爱他的画,但是他总不肯给我画。定下结婚的时候,我决定把握住时机。"伯龙!"我毫不客气地对他说,"不要送礼,我要你一张画!不画不行!"他没有再推托,而给我画了张《牧豕图》。图中的妇人、小儿、肥猪,与桐树,都画得极好,可惜,他把图章打倒了!虽然图章的脚朝天,我还是很爱这张画,因为伯龙就是那么个一天到晚慌里慌张的人,这个脚朝天的图章正好印上了他的人格。这个缺陷使这张画更可贵!我不知道合于哪一条艺术原理,说不定也许根本不合乎艺术原理呢。谁管它,反正我就有这么种脾气!

第二个例子是齐白石大画师所作的一张《鸡雏图》。

对白石翁的为人与绘画，我都"最"佩服！我久想能得到他的一张画。但是，这位老人永远不给任何人白画，而润格又很高；我只好"望画兴叹"。可是，老天见怜，机会来了！一次，我给许地山先生帮了点忙，他问我："我要送你一点小礼物，你要什么？"我毫未迟疑地说："我要一张白石老人的画！"我知道他与老人很熟识，或者老人能施舍一次。老人敢情绝对不施舍。地山就出了三十元（十年前的三十元！据说这还是减半价，否则价六十元矣！）给我求了张画。画得真好，一共十八只鸡雏，个个精彩！这张画是我的宝贝，即使有人拿张宋徽宗的鹰和我换，我也不干！这是我最钦佩的画师所给，而又是好友所赠的！

当抗战后，我由济南逃亡出来的时候，我嘱告家中："什么东西都可放弃，这张画万不可失！"于是，家中把一切的家具与图书都丢在济南，而只抱着这十八只鸡雏回到北平。

去年，家中因北平的人为的饥荒而想来渝，我就又函告她们，鸡图万不可失！我不肯放弃此画，一来是白石老人已经八十多岁，二来是地山先生已经去世；白石翁的作品在北平不难买到，但是买到的万难与我所有的这一张相比！

妻得到信，她自己便也想得老人的一幅画。由老人的一位女弟子介绍,她送上四百元获到老人的六只虾,而且题了上款。那时候(现在也许又增高一倍了),老人的润格已是四百元一平尺,题上款加四百元,指定画题加倍,草虫(因目力欠佳)加倍,敷设西洋红加倍。

来到重庆,她拿出挂在墙壁上,请几个朋友们看,于是重庆造了她带来一箱子白石翁的画之谣。

哎呀!假若我真有一箱白石翁的画够多么好呢!

一箱子!就说是二尺长、半尺高的一只箱吧,大概也可以装五百张!仿照白石老人自号三百石印富翁的例,假若我真有这么一箱,我应马上自称为五百白石翁画富人——我还没到50岁,不好意思称"翁",不但在精神上,就是以金钱计,我也确实应自号为"富"了。想想看,以二千元一张画说吧,五百张该合多少钱?

我就纳闷,为什么妻不拿那么多的钱买点粮食(有钱,就是在北平,也还能吃饱),而教孩子们饿成那个鬼样呢?

且不管她,先说我自己吧。我若真有了那么一箱子画,该怎办呢?我想啊,我应该在重庆开一次展览会,一来是为给我最佩服的老画师作义务的宣传,以示敬意;二来是给大家一个饱眼福的机会。在展览的时候,我将请徐悲鸿、林风眠、丰子恺诸先生给拟定价格，标价出售。假若平均每张售价一万元吧，我便有五百万的收入。收款了以后，我就赠给文艺界抗敌协会、戏剧界抗敌协会、美术界抗敌协会、音乐界抗敌协会各一百万元。所余的一百万元，全数交给文艺奖助金委员会，用以救济贫苦的文人——我自己先去申请助金五千元，好买些补血的药品，疗治头昏。

我想，我的计划实在不能算坏！可是，教我上哪里找那一箱子画去呢？

那么，假若你高兴的话，请去北碚，还是看一看我藏的十八只鸡雏和内人的六只虾吧，你一夸奖它们，我便欢喜，庶几乎飘飘然有精神胜利之感矣！

谢谢替我夸口的友人们，他们至少又给了我写一篇短文的资料！

一九四四年一月七日于北碚之头昏斋

千丝万缕

花边[①] / 沈从文

衣领襟绣用的花边,若照旧日称呼,北方叫"绦子",南方却叫"阑干",主要使用于女性衣服上,此外镜帘、桌围、帐檐、围裙和小孩子的头上兜兜帽、胸前涎围,也时常要用到,形成一种美丽装饰效果。特别是在乡村普通家机织的单色蓝青布或条子布,和本色花纱绸料上做适当配合,形成的艺术效果,实显而易见。这种装饰方法直到现代衣料处理上,还值得好好注意利用它,因为不谈别的,

---

① 原载一九六〇年《装饰》第十一期。

仅仅从国民经济而言，全国年产套印五六种颜色的花布，如有一部分可改用单色或两色代替，只需加一点花边，既效果崭新，又可为国家节省染料。

　　花边的使用，由来已久，在古代不仅妇女独擅专利，男子衣服也必用边沿。部分统治者衣上且做得格外讲究花哨。本来作用应当是增加衣服结实耐穿，到后来虽然边必有花，并且成为一种制度，有时且和品级地位相关，虽重在美术作用，还不完全离开实用要求。从中国服装史言，历代成衣师傅都非常懂得花边在衣服上所起的良好作用的。使用花边的全盛时期，距现今约百五十年到七十年间，直到近五十年，才不再在一般女性衣服上出现。但西南兄弟民族中，到现在还十分重视爱好，有的地方还不限于妇女衣服使用，男子也乐意用它。所以成都、苏州新织的彩丝花边，目前在湖南、广西、贵州和云南各地区，都各有一定市场。19世纪在女衣上应用花边情况，一般多宽窄相互配合，二三道间隔使用是常见格式，较繁复则用七九道，晚清用十道俗称"十姊妹"。最多竟有用至十三道，综合成一组人为的彩虹，盘旋于一身领袖间的，论图案效果倒也还不坏，论实用要求，已超过需要太多。物极必反，因此光绪末到宣统时，流行小袖齐膝女衫，只留下一道窄窄牙子边，其余全废。既不再穿裙，裤脚也有加边的。维新变法影响到衣着，过去似乎还少有人谈起过的。

这些花边主题画，属于古典的，可以说是清代锦缎花纹的一种发展，属于新行的，虽比较接近于写生，也还并未完全脱离晚清流行绸缎花纹规模。早期常用三蓝加金，"花蝶争春"占重要地位。随后即千变万化，日见新奇，从道光以来流行的金鱼图案和皮球花为别具风格。由于加工技术比锦缎简单，不费工料，社会要求又广，因之生产上也更容易显得丰富多彩。当时出厂一般做三种包装形式，原始式多扎成一束，如在乡村零售，记得还有用双臂展平量度的，名叫"庹"，还是元代计量绸缎的方法，《元典章》谈绸缎禁令时就提起过。洋行式则分两种，一种用硬纸板卷成，整数发行以板计，零售才以尺计。也有做成卷的，中心加个有孔小木轴，上贴某某洋行商标，和后来洋线轴差不多，惟卷团大约到五六寸。其实通是中国江浙工人织成的。

19世纪中叶，正是各大强国张牙舞爪侵略我国初期，起始用武力强迫当时昏庸无能的满清政府签订了一系列不平等条约，霸占了我国许多重要港口和租界，并利用租界特权和关税、传教等等特权，一面用鸦片烟和宗教双管齐下毒害中国人民，一面起始大量流入外来机织羽纱、毕叽、咔喇和棉纺织物，进行贪婪无情的经济掠夺。随后且更进一步，就租界设纱厂、丝织厂和其他出口原料加工厂，剥削万千人民累代的血汗，造成了租界十里洋场的假繁荣和藏污纳垢。因为花边流行，他们便利用中国人力、物力和美术设计力，针对社会风气，或自设作坊，或就津、广、申、苏各地丝绸行业定织各种花边，贴上"怡和"、"茂隆"、"安利"等等洋行商标，向全国运销。只是一转手间赚了许多钱去。所以这些花边也标志着近百年来被侵略和剥削的中国劳动人民血汗的痕迹。另一面则这些花边究竟还是中国劳动人民在实用美术上一部分成就。

就个人所知，最精美花边的收藏机关应数故宫，由康熙到清末近300年来还有上千种一库房五彩缤纷好作品。虽然数量大部分大约还是晚清时。此外人民美术出版社由我经手还收集了约2000种，也有不少极别致美丽的。中央工艺美术学院约收有600种，历史博物馆也还有一部分较精的，其中实不少可以参考取法的东西。这种装饰花纹应用面很广泛，千百种结构美丽配色鲜明的花边，既可直接使用在新的印花、提花、丝棉毛麻织物上，来丰富新生产品种内容，也可转用到其他种种需要方面，例如糖果点心包装纸及日用搪瓷、玻璃、热水瓶、灯罩、雨伞、皮革烙印提包、塑料模印器物等等新的生产装饰图案，或放大它做成新的印花床毯、地毯、被包毯，以及提供新的建筑彩绘浮雕所需要的带式装饰图案使用。还有对于千百万西南、中南地区对衣用花边有传统爱好的兄弟民族，为了满足他们爱美的要求，还可用机织印刷法做斜条密集印成新的花布，专供他们做衣边使用。目下成都或苏州织彩丝花边，下乡后零售价多在二毛到二毛五一尺，虽色彩华美，一丈三尺料总得费四五元。如印成丝光花边布，不过四毛一尺，至多有一尺七寸布可裁成斜条，使一件单色蓝青布料衣服得到非常美观的装饰效果，花个六七角钱就可以办到。两者做个比较，就可知这种新的条子花布的试生产，对于绝大多数爱好美丽花边的西南劳动妇女具有何等重要的意义了。

如果多数读者认为有必要，我们还将建议轻工业出版部门或人民美术出版社和收藏机构协作，选出千把种花边，用原彩色印出来，供各方面美工同志参考。

一九六〇年写

谈广绣[①] / 沈从文

谈广绣最好是本地行家。个人只能就所见到的镜屏、挂屏、挽袖、裙子、镜帘、扇套和小荷包等大小约三百件左右材料，试作一下分析。

晚清广绣的成就主要部分是赏玩性镜屏挂屏。因为说广绣，首先是这部分艺术品给人印象比较熟悉深刻。至于其他杂件，即少为人注意到了。18世纪桃花、纳丝和19世纪初期的戳纱挽袖和裙面，虽还留下许多精品，只因时代

---

① 本文一九六二年八月九日发表于《羊城晚报》。

一隔，若无人做特别介绍，即搁在眼前，也会当面错过，已较少有人知道这些刺绣中也有属于广绣作品的了。其次即为褡裢，在2寸范围内做种种花鸟，精工之至，目下所知，以故宫收藏较精较多。

镜屏挂屏广绣，一般多在白缎地子（间或用蓝色缎子）上，用"乱针"兼"铺绒"或"线绣"法，做"百花百鸟"、"凤穿牡丹"、"孔雀开屏"、"松鹤延年"、"鹿鹤同春"、"玉堂富贵"等等幸福吉祥主题画，而且多是成双配对的，显然和当时应用于祝寿结婚送礼习惯相关。四条山水屏偶一有之，惟不多见。人物故事在挽袖上有较多反映，红楼西厢均常使用。针线以紧密细致见长，还始终保持女红中应有细巧本色。构图配彩大胆而自由。宜小品而不宜巨幅。二尺左右镜屏，花鸟越接近写实，即容易形成一种自然主义倾向，不能见出经营位置布局设计的好处。因此一般不免费工多，而艺术效果反而较差。百鸟朝凤中间或有子母鸡和大小猴出现，古今杂烩一堂，说广绣近俗，大致即多指的是这类构图设计，和高度发展的技法无关。

绣件极少加署年月，但是从使用彩色分析，相对时代还是可以得到。例如喜用深棕色做树干，洋莲紫色加于花鸟间，且多装置在雕刻有流水万字地加团寿蝙蝠红木框中，就可知道时代极少早过道光时，一般生产或在同治、光绪之际。北京发现格外多，和晚清官僚来京入朝陛见，士绅子弟会试应举、捐官、拜门，带来送礼祝寿有关。最有代表性的是颐和园里高过八尺的大镜屏，就是60年前为送慈禧太后寿礼远道运来的。

花纹繁密琐细，不仅是广绣艺术风格，也恰是广东地方一般艺术特征。例如铜胎画珐琅中有广珐琅，花纹就远比京珐琅繁琐细致。彩色缎子中有广缎，也和苏宁川杭缎子不同，用小小杂花紧凑于薄地缎面上，虽色彩十分强烈，惟花朵细碎，彼此相互吸收，形成艺术效果，还是风格独具，充满南国特有青春气息。

广绣中有彩线绣或一色翠蓝绣，使用到玉色绫绸裙子部分或挽袖上的，常做满地填花，不留空白，且用薄薄铺绒绣法，使绒线闪出翠蓝光，另是一种风格。又是极讲究戳纱和纳丝绣，多产生于18世纪到19世纪初期，这种精美刺绣，艺术水平格外高。晚清小荷包类，用广绣法做成的，也十分精美。但是一般所谓广绣，还是多指做杂花百鸟的镜屏类而言。

把几种手工艺品联系来看，就可明白它的共同点，这一切都是19世纪后半期产物。但并非凭空而起。广东象牙工人刻的鬼工球，早已著名海外，可知这种精雕细琢的艺术传统，已有了相当年月。广绣的形式，还可以上溯到更早许多年。黎族即精于刺绣，以针线紧密色彩丰富见长，能在青蓝地土布上，织绣出惊人出众几何图案，艺术性十分高强。唐以前我们知识虽不多，晚到17、18世纪的遗物，明标年月保存于故宫博物院中的许多衣饰绣件，花纹图案之巧，设色之富丽，直到现在看来还十分动人。黄道婆由琼崖回到松江，初织棉布，也说是花纹细致。可知织绣上的细致花纹，原是本来传统。广绣针法之巧，实源远流长，只不过是到19世纪时，才把艺术设计，由比较过时的几何图案或对称花鸟图案，改向写生象生发展而已。这一面可以说是对于中原刺绣文化（特别是由顾绣而发展的苏绣）的效法，另一面却又依然充满对于自然环境的倾心，综合结果不仅突破了苏绣文人画的局限，也突破了自己固有传统局限，却从试验中得到一种新的成果。

刺绣本属于妇功，除官服和戏装多完成于专业男工之手，其他一切创作，多出于民间妇女农闲业余成就，使用者和欣赏者照例也是多数人民。所以色彩富丽组织细密实本来应有长处，正反映着这一区域人民情感的奔放和生命力的旺盛。中原绣从唐宋以来，就早已和上层文化相联系，受文人画和宫廷艺术趣味影响格外深。例如宋代朱克柔、沈子蕃之刻丝，明代顾氏绣，清初如皋冒氏刮绒绣，无不依傍当时名家画稿。至于明代著名之发绣，也只是近于明代画家尤求、丁云鹏等人画稿的复本而已。广绣有一特征，为一般谈刺绣的较少道及，就是它始终不受较前或同时文人画影响，还保留女红传统中不可少的巧手慧心，以细密针线繁复色彩自出心裁来进行创作。正和潮州木刻近似，不受元明以来小说、戏剧、版画影响，独具匠心，来进行透雕浮雕，得到成就一样。这里自然有得有失。因之从传统艺术标准看来，有时不免近俗，认为难登大雅之堂。惟和广大群众对面，却远比顾氏露香园绣和如皋冒氏刮绒绣，完全依附于文人画的作品，易为群众欢迎。

因此，我们似乎可以得出那么一个结论，即晚清的广绣，以高级赏玩品而言，虽和晚清宫廷趣味联系不大，具有高度技术，艺术成就不免依旧受一定时代限制。然而它的作者，充满本地刺绣创作上的热情和天真，充满了民间趣味，来进行这个工作，产生许多风格独具的艺术品，在 19 世纪晚期工艺中，独放异彩。这种估计，大致还是符合历史实际的。

现在，广绣必然有更广大前途，值得注意处大致是如何把技术上的长处好好保留，并加以发展，另一面却在设计上多用点心。因为刺绣当成纯赏玩品看待，应用范围究竟有限，产量要求也不会太多。如让它回归本来，和日用生活发生多方面联系，即以围巾、手提包、靠垫、衬衫、拖鞋等等而言，国内外新的需要，将超过历史上任何一个时期。既当成日用美术商品生产，就不能不讲求成本经济，过分繁琐势不相宜。求新的广绣能做到经济、实用、美观三方兼顾中取得良好进展，改良新的美术设计，加强新的美术研究，并好好学习刺绣各部门优秀遗产，加以充分利用，应当是这部门生产当前和明天一个主要环节。这点肤浅认识是否恰当，愿求教于专家和老师傅及其他有心同志！

一九六二年写

蜀中锦[①] / 沈从文

谁都知道"蜀锦"是指四川成都织造的花锦,可是蜀锦究竟是个什么样子,在历史发展中,每个时代花样有什么特征,它和江浙生产又有什么不同?还少有人认真注意过。试来问问在学校教纺织工艺图案的先生,恐怕也不容易说得明白。原因是如不能把文献和实物相互印证,并从联系和发展方面认真探讨分析,不论是成都蜀锦,还是江宁云锦,都不大容易搞清楚。

---

① 原载一九五九年《装饰》第六期。

师说：痴玩雅趣

春秋战国以来，锦出陈留，薄质罗纨和精美刺绣出齐鲁。可知当时河南、山东是我国丝绣两个大生产区。汉代早期情形还不大变。因此，政府除在长安设东西二织室外，还在齐地设三服官，监造高级丝绸生产。为团结匈奴，每年即有几千匹锦绣运出关外，赠与匈奴诸君长。近年在内蒙古新疆出土的锦绣，证明了历史记载的真实。当时上层社会用锦绣也格外多，"刺绣纹不如倚市门"之谚，一面反映经商贩运的比生产的生活好，另一面也说明生产量必相当大，才能供应各方面的需要。

蜀锦后起，东汉以来才著名，三国鼎立，连年用兵。诸葛孔明在教令中就曾说过，军需开支，全靠锦缎贸易，产量之大，行销之广，可想而知。曹丕是个花花公子，好事卖弄，偶尔或者也出点主意，做些锦样，因此在《典论》中曾说，蜀锦下恶，虚有其名，鲜卑也不欢迎。还不如他派人织的"如意虎头连璧锦"美观。说虽那么说，曹氏父子还是欢喜使用蜀锦。到石虎时，蜀锦在邺中宫廷还占重要地位。唐代以来，河北定县、江南吴越和四川是三大丝绸生产区，吴越奇异花纹绫锦，为巴蜀织工仿效取法。然而张彦远写《历代名画记》，却说唐初太宗时，窦师纶在成都做行台官，出样设计十多种绫锦，章彩奇丽，流行百年尚为人喜爱。唐代官服计六种纹样，又每年另为宫廷织二百件锦半臂、二百件赠外国使节礼品用的锦袍，打球穿的花锦衣，且有一次达五百件记载。《唐六典·诸道贡赋》中，且具体说起四川遂州、梓州每年必进贡"樗蒲"绫。这种梭子式图案织物，到宋代发展为"樗蒲"锦，元明还大量生产，现存不下二十种不同花样，极明显多由唐代发展而出。五代时，蜀中机织工人又创造大幅"鸳鸯衾"锦。后来孟昶投降北宋，仓库所存锦彩即过百万匹。北宋初文彦博任成都太守，为贡谀宫廷宠妃，特别进贡织造金线莲花灯笼锦后，直到明清还不断产生百十种各式各样灯笼锦。成都设"官锦坊"，所织造大小花锦，又设"茶马司锦坊"。换取国防所需要的车马，有些在《蜀锦谱》中还留下一系列名目，且在明清还有织造。宋代每年特赐大臣的七种锦名，也还可在明清锦中发现。元代成都织十样锦，名目还在，就现存过万种明锦分析，得知大部分花纹图案，到明代也还在生产。蜀锦在艺术上的成就或工艺上的成就明显，是万千优秀织工在千百年中不断努力得来的。蜀锦式样，从现存明锦中必然还可以发现百十种。近百年来格子式杂色花五彩被面锦，清代名"锦䌷缎"，图样显明出于僮锦而加以发展，19世纪晚期生产，上至北京宫廷，下及民间，都还乐于使用，其实也远从唐代小团窠格子红锦衍进而来。现代晕色花样花锦，则是唐代蜀中云裲锦的一种发展。

蜀锦生产虽有悠久光辉工艺传统，两千年来究竟有些什么花样，特点何在，元人费著《蜀锦谱》曾为我们提供了一些线索。但是过去实少有人能结合实物，做进一步研究。一般人印象，只不过知道近代格子杂色花被面锦，是蜀中锦之一而已。近年来，我们对于古代锦缎，曾做了些初步探索，对蜀锦才有了些常识。古代工艺图案花纹，极少孤立存在。汉代部分工艺图案，多和当时神话传说有一定联系。《史记·封禅书》等记载东海上有三神山，上有白色鸟兽和仙人一道游息同处，长生不死，通过艺术家想象，因此不仅反映在当时铜、陶制博山香炉和酒樽等器物上作为装饰，同时还广泛使用到一般石、漆、铜、木的雕刻装饰纹样上，丝绣也多采用这个主题，有着各种不同发展。图案基本是鸟兽神人奔驰腾跃于山林云气间。有些锦缎又在花纹间加织文字，如"登高明望四海"，可知创始年代，显然和登泰山封禅有关，如非出于秦始皇时期，必是汉武帝刘彻登泰山时。"长乐明光"是汉宫殿名目,"子孙无极"是西汉一般用语,由此得知,这些丝绸图案必成熟于西汉。汉文化的普遍性,表现于各方面,丝绸也受它的影响,这些在中国西北边缘地区发现的两千年前锦缎,即或是长安织室的产物,我们却可以说,古代蜀锦,也必然有这种花样。晋人陆翙著《邺中记》,即提起过"大小明光"、"大小登高"诸锦名目,更证实直到晋代,蜀锦生产还采用这种汉代图案。唐代蜀锦以章彩奇而见称,花树对鹿从图案组织来看,还保持初唐健美的风格。梭子式图案的樗蒲绫、锦,花纹有龙凤、对凤、对牡丹、聚宝盆等不同内容一二十种。宋代灯笼图案花锦,发展到明清更加丰富多彩。格子杂色花样,如用它和汉代空心砖图案比较,可知或许汉代就有生产,特别是中心作柿蒂的,原出于汉代纹样。惟就目下材料分析,则出于唐代,建筑彩绘平棋格子的形式,和它关系密切。此后约一千年,凡是这种格子花锦,即或不一定是蜀中生产,也可以说是"蜀式锦"一个典型品种。

近半世纪以来,由于旧政权官僚政治的腐败无能,军阀连年混战割据,蜀锦生产受摧残打击十分严重。仅有一点残余,在生产花纹图案方面,又因为和优秀传统脱离,无所取法。提花技术方面，也不能改进。花纹色彩，都不免保守，难于和日新月异的近代上海、南京、苏杭各地生产竞争。直到近年，生产组织有了基本改变，由分散到集中，才得到新的转机。近年来虽努力直追，还是进展较慢，不能如本省其他部门工艺生产有显著提高。因此，谈到民族优秀遗产，求古为今用，综合民族的和民间保存下来的万千种锦缎好花样，并参考苏杭新提花技术，求改进蜀锦生产，使蜀中锦在国内外重新引起广大人民的重视，恢复本来盛名，应当是今后研究工作的和主持生产工艺设计以及保有优秀技术和丰富经验的织锦工人共同努力的一个方向。看看近年四川改进的竹器，成绩就十分出色。但是研究工作要踏实，首先得有种新的认识，工作也相当艰巨。得抽出一定人力，投入大量劳动来整理材料，必须真正明白有些什么优秀遗产，才能好好利用这个优秀遗产！如停顿在原来认识基础上，只根据极少部分资料，半出附会，半出猜想，说这是唐，那是宋，谈研究，谈改进，都不能不落空。

一九五九年写

闲余玩乐

师说：痴玩雅趣

小动物们[①] / 老舍

  鸟兽们自由地生活着，未必比被人豢养着更快乐。据调查鸟类生活的专家说，鸟啼绝不是为使人爱听，更不是以歌唱自娱，而是占据猎取食物的地盘的示威；鸟类的生活是非常的艰苦。兽类的互相残食是更显然的。这样，看见笼中的鸟，或柙中的虎，而替它们伤心，实在可以不必。可是，也似乎不必替它们高兴；被人养着，也未尽舒服。生命仿佛是老在魔鬼与荒海的夹缝儿，怎样也不好。

[①] 载一九三五年三月《人间世》第二十四期。

我很爱小动物们。我的"爱"只是我自己觉得如此;到底对被爱的有什么好处,不敢说。它们是这样受我的恩养好呢,还是自由地活着好呢?也不敢说。把养小动物们看成一种事实,我才敢说些关于它们的话。下面的述说,那么,只是为述说而述说。

先说鸽子。我的幼时,家中很贫。说出"贫"来,为是声明我并养不起鸽子;鸽子是种费钱的活玩艺儿。可是,我的两位姐丈都喜欢玩鸽子,所以我知道其中的一点儿典故。我没事儿就到两家去看鸽,也不时随着姐丈们到鸽市去玩;他们都比我大着廿多岁。我的经验既是这样来的,而且是幼时的事,恐怕说得不能很完全了;有好多鸽子名已想不起来了。

鸽的名样很多。以颜色说,大概应以灰、白、黑、紫为基本色儿。可是全灰全白全黑全紫的并不值钱。全灰的是楼鸽,院中撒些米就会来一群;物是以缺者为贵,楼阁太普通。有一种比楼鸽小,灰色也浅一些的,才是真正的"灰";但也并不很贵重。全白的,大概就叫"白"吧,我记不清了。全黑的叫黑儿,全紫的叫紫箭,也叫猪血。

猪血们因为羽色单调,所以不值钱,这就容易想到值钱的必是杂色的。杂色的种类多极了，就我所知道的——并且为清楚起见——可以分作下列的四大类：点子、乌、环、玉翅。点子是白身腔，只在头上有手指肚大的一块黑，或紫；尾是随着头上那个点儿，黑或紫。这叫作黑点子和紫点子。乌与点子相近，不过是头上的黑或紫延长到肩与胸部。这叫黑乌或紫乌。这种又有黑翅的或紫翅的，名铁翅乌或铜翅乌——这比单是乌又贵重一些。还有一种，只有黑头或紫头，而尾是白的，叫作黑乌头或紫乌头；比乌的价钱要贱一些。刚才说过了，乌的头部的黑或紫毛是后齐肩，前及胸的。假若黑或紫毛只是由头顶到肩部，而前面仍是白的，这便叫作老虎帽，因为很像廿年前通行的风帽；这种确是非常的好看，因而价值也就很高。在民国初年，兴了一阵子蓝乌和蓝乌头，头尾如乌，而是灰蓝色儿的。这种并不好看，出了一阵子风头也就拉倒了。

环，简单得很：全白而项上有一黑圈者叫墨环；反之，全黑而项上有白圈者是玉环。此外有紫环，全白而项上有一紫环。"环"这种鸽似乎永远不大高贵。大概可以这么说，白尾的鸽是不易与黑尾或紫尾的相抗，因为白尾的飞起来不大美。

玉翅是白翅边的。全灰而有两白翅是灰玉翅，还有黑玉翅、紫玉翅。所谓白翅，有个讲究：翅上的白翎是左七右八。能够这样，飞起来才正好，白边儿不过宽，也不过窄。能生成就这样的，自然很少，所以鸽贩常常作假，硬插上一两根，或拔去些，是常有的事。这类中又有变种：玉翅而有白尾的，比如一只黑鸽而有左七右八的白翅翎，同时又是白尾，便叫作三块玉。灰的、紫的也能这样。要是连头也是白的呢便叫作四块玉了。四块玉是比较有些价值的。

在这四大类之外，还有许多杂色的鸽，如鹤袖，如麻背，都有些价值，可不怎么十分名贵。在北平，差不多是以上述的四大类为主。新种随时有，也能时兴一阵，可都不如这四类重要与长远。

就这四大类说，紫的老比别的颜色高贵。紫色儿不容易长到好处，太深了就遭猪血之诮，太浅了又黄不唧的寒酸。况且还容易长"花了"呢，特别是在尾巴上，翎的末端往往露出白来，像一块癣似的，把个尾巴就毁了。

紫以下便是黑，其次为灰。可是灰色如只是一点，如灰头、灰环，便又可贵了。

这些鸽中，以点子和乌为"古典的"。它们的价值似乎永远不变，虽然普通，可是老是鸽群之主。这么说吧，飞起四十只鸽，其中有过半的点子和乌，而杂以别种，便好看。反之，则不好看。要是这四十只都是点子，或都是乌，或点子与乌，便能有顶好的阵容。你几乎不能飞四十只环或玉翅。想想看吧：点子是全身雪白，而有个黑或紫的尾，飞起来像一群玲珑的白鸥，及至一翻身呢，那黑或紫的尾给这轻洁的白衣一个色彩深厚的裙儿，既轻妙而又厚重。假若是太阳在西边，而东方有些黑云，那就太美了：白翅在黑云下自然分外的白了，一斜身儿呢，黑尾或紫尾——最好是紫尾——迎着阳光闪起一些金光来！点子如是，乌也如是。白尾巴的，无论长得多么体面，飞起来没这种美妙，要不怎么不大值钱呢。铁翅乌或铜翅乌飞起来特别的好看，像一朵花，当中一块白，前后左右都镶着黑或紫，它使人觉得安闲舒适。可是铜翅乌几乎永远不飞，飞不起，贱的也得几十块钱一对儿吧。玩鸽子是满天飞洋钱的事儿。洋钱飞起却是不如在手里牢靠的。

可是，鸽子的讲究儿不专在飞，正如女子出头露脸不专仗着能跑五十米。它得长得俊。先说头吧，平头或峰头（峰读如凤；也许就是凤，而不是峰）便决定了身价的高低。

所谓峰头或凤头的,是在头上有一撮立着的毛;平头是光葫芦。自然凤头的是更美,也更贵。蜂——或凤——不许有杂毛,黑便全黑,紫便全紫,搀着白的便不够派儿。它得大;而且要像个荷包似的向里包着。鸽贩常把峰的杂毛剔去,而且把不像荷包的收拾得像荷包。这样收拾好的峰,就怕鸽子洗澡,因为那好看的头饰是用胶粘的。

头最怕鸡头,没有脑杓儿,楞头磕脑的不好看。头须像算盘子儿,圆忽忽的,丰满。这样的头,再加上个好峰,便是标准美了。

眼,得先说眼皮。红眼皮的如害着眼病,当然不美。所以要强的鸽子得长白眼皮。宽宽的白眼皮,使眼睛显着大而有神。眼珠也有讲究,豆眼、隔棱眼,都是要不得的。可惜我离开鸽子们已廿多年,形容不上来豆眼等是什么样子了;有机会到北平去住几天,我还能把它们想起来,到鸽市去两趟就行了。

嘴也很要紧。无论长得多么体面的鸽,来个长嘴,就算完了事。要不怎么,有的鸽虽然很缺少,而总不能名贵呢;因为这种根本没有短嘴的。鸽得有短嘴!厚厚实实的,小墩子嘴,才好看。

头部以外，就得论羽毛如何了。羽毛的深浅，色的支配，都有一定的。老虎帽的帽长到何处，虎头的黑或紫毛应到胸部的何处，都不能随便。出一个好鸽与出一个美人都是历史的光荣。

身的大小，随鸽而异。羽色单调一些的，像紫箭等，自然是越大越蠢，所以以短小玲珑为贵。像点子与乌什么的，个子大一点也不碍事。不过，嘴儿短，长得娇秀，自然不会发展得很粗大了，所以美丽的鸽往往是小个儿。

小个子的，长嘴儿的，可也有用处。大个子的身强力壮翅子硬，能飞，能尾上戴鸽铃，所以它们是空中的主力军。别的鸽子好看，可供地上玩赏；这些老粗儿得飞起来才见本事，故而也还被人爱。长翅儿也有用，孵小鸽子是它们的事：它们的嘴长，"喷"得好——小鸽不会自己吃东西，得由老鸽嘴对嘴的"喷"。再说呢，喷的时候，老的胸部羽毛便糙了；谁也不肯这么牺牲好鸽。好鸽下蛋，总被人拿来交与丑鸽去孵，丑鸽本来不值钱，身上糙旧一点也没关系。要作鸽就得美呀，不然便很苦了。

有的丑鸽，仿佛知道自己的相貌不扬，便长点特别的本事以与美鸽竞争。有力气戴大鸽铃便是一例。可是有力气还不怎样新奇，所以有的能在空中翻跟头。会翻跟头的鸽在与朋友们一块飞起的时候，能飞着飞着便离群而翻几个跟头，然后再飞上去加入鸽群，然后又独自翻下来。这很好看，假若他是白色的，就好像由蓝空中落下一团雪来似的。这种鸽的身体很小，面貌可不见得美。他有个标志，即在项上有一小撮毛儿，倒长着。这一撮倒毛儿好像老在那儿说："你瞧，我会翻跟头！"这种鸽还有个特点，脚上有毛儿，像诸葛亮的羽扇似的。一走，便扑喳扑喳的，很有神气。不会翻跟头的可也有时候长着毛脚。这类鸽多半是全灰全白或全黑的。羽毛不佳，可是有本事呢。

为养毛脚鸽，须盖灰顶的房，不要瓦。因为瓦的棱儿往往伤了毛脚而流出血来。

哎呀！我说"先说鸽子"，已经三千多字了，还没说完！好吧，下回接着说鸽子吧，假若有人爱听。我的题目《小动物们》，似乎也有加上个"鸽"的必要了。

一九三五年三月

小动物们（鸽）续[①] / 老舍

养鸽正如养鱼养鸟，要受许多的辛苦。"不苦不乐"，算是说对了。不过，养鱼养鸟较比养鸽还和平一些；养鸽是斗气的事儿。是，养鸟也有时候怄气，可鸟儿究竟是在笼子里，跟别的鸟没有直接的接触。鸽子是满天飞的。张家的也飞，李家的也飞，飞到一处而裹乱了是必不可免的。这就得打架。因此，玩别的小玩意儿用不着法律，养鸽便得有。这些法律虽不是国家颁布的，可是在玩鸽的人们中

[①] 载一九三五年四月《人间世》第二十六期。

间得遵守着。比如说吧,我开始养鸽子,我就得和四邻的"鸽家"们谈判。交情好的呢,可以规定:彼此谁也不要谁的鸽;假若我的鸽被友家裹了去,他还给我送回来;我对他也这样。这就免去许多战争。假若两家说不来呢,那就对不起了,谁得着是谁的,战争可就无可避免了。有这样的敌人,养鸽等于斗气。你不飞,我也不飞;你的飞起来,我的也马上飞起去,跟你"撞"!"撞"很过瘾,两个鸽阵混成一团,合而复分,分而复合;一会儿我"拉过"你的来,一会儿你又"拉过"我的去,如看拔河一样起劲。谁要是能"得过"一只来,落在自己的房上,便设法用粮食引诱下来,算作自己的战胜品。可是,俘虏是在房上,时时可以飞去;我可就下了毒手,用弩打下来,假若俘虏不受引诱而要逃走。打可得有个分寸,手法要好,讲究恰好打在——用泥弹——鸽的肩头上。肩头受伤,没有性命的危险,可是失了飞翔的能力。于是滚下房来,我用网接住;将养几天,便能好过来。手法笨的,弹中胸部,便一命呜呼;或是弹子虚发,把鸽惊走,是谓泄气。

"撞"实过瘾,可也别扭,我没法训练新鸽与小鸽了。新鸽与小鸽必须有相当的训练才认识自己的家,与见阵不迷头。那么，我每放起鸽去，敌人也必调动人马，那我简直没有训练新军的机会；大胆放出生手，准保叫人家给拉了去。于是，我得早早地起，偃旗息鼓的，一声不出的，去操练新军。敌人也会早起呀，这才真叫怄气！得设法说和了，要不然简直得出人命了。

哼，说和却不容易。比如我只有三十只能征惯战的鸽，而敌人有八十只，他才不和我开和平会议呢。没办法，干脆搬家吧。对这样的敌人，万幸我得过他一只来，我必定拿到鸽市去卖；不为钱，为是羞辱他。他也准知道我必到鸽市去，而托鸽贩或旁人把那只买回去，他自己没脸来和我过话。

即使没这种战争，养鸽也非养气之道；鸽时时使你心跳。这么说吧，我有点事要出门，刚走到巷口，见天上有只鸽，飞得两翅已疲，或是惊惶不定，显系飞迷了头；我不能漏这个空，马上飞跑回家，放起我的鸽来裹住这只宝贝。有天大的事也得放下。其实得到手中，也许是只最老丑的糟货，可是多少是个幸头，不能轻易放过。养鸽的人是"满天飞洋钱，两脚踩狗屎"，因为老仰首走路也。

训练幼鸽也是很难放心的事，特别是经自己的手孵出来的。头几次飞,简直没把握,有时候眼看着你自己家中孵出的幼鸽,飞到别家去,其伤心不亚于丢失了儿女。

最难堪的是闹"鸦虎子"。"鸦虎子"是一种小鹰,秋冬之际来驻北平,专欺侮鸽子。在这个时节,养鸽的把鸽铃都撤下来,以免鸦虎闻声而来,在放鸽以前,要登高一望,看空中有无此物。及至鸽已飞起,而神气不对,忽高忽低,不正经着飞,便应马上"垫"起一只,使大家落下,以免危险;大概远处有了那个东西。不幸而鸦虎已到,那只有跺脚,而无办法。鸦虎子捉鸽的方法是把鸽群"托"到顶高,高得几乎像燕子那么小了,它才绕上去,单捉一只。它不忙,在鸽群下打旋,鸽们只好往高处飞了。越飞越高,越飞越乏;然后鸦虎猛的往高处一钻,鸽已失魂,紧跟着它往下一"砸",群鸽屁滚尿流,一直地往下掉。可是鸦虎比它们快。于是空中落下些羽毛,它捉住一只,找清静地方去享受。其余的幸得逃命,不择地而落,不定都落在哪里去呢!幸而有几只碰运气落在家中的房上,亦只顾喘息,如呆如痴,非常的可怜。这个,从始至终,养鸽的是目不敢瞬地看着;只是看着,一点办法没有!鸦虎已走,养鸽的还得等着，等着失落的鸽们回来。一会儿飞回来一只，又待一会儿又回来一只。可是等来等去，未必都能回来，因惊破了胆的鸽是很容易被别家得去的，检点残军，自叹晦气，堂堂七尺之躯会干不过个小小的鸦虎子！

　　普通的飞法是每天飞三次，每飞一次叫作"一翅儿"。三次的支配大概是每日的早晚中三时，这随天气的冷暖而变动。夏日太热，早晚为宜，午间即不放鸽；冬日自然以午间为宜，因为暖和些。夏天的鸽阵最好看，高处较凉一些，鸽喜高飞；而且没有鸦虎什么的，鸽飞得也稳；鸦虎是到别处去避暑了。每要飞一翅儿，是以长竿——竿头拴些碎布或鸡毛——一挥，鸽即飞起。飞起的都是熟鸽，不怕与别家的"撞"。其中最强者，尾系鸽铃，为全军奏乐。飞起来，先擦着房，而后渐次高升，以家中为中心来回地旋转。鸽不在多少，飞起来讲究尾彩配合得好，"盘儿"——即鸽阵——要密，彼此的距离短而旋转得一致。这样有盘儿有精神，悦目。盘儿大而松懈，东一个西一个的乱飞，则招人讥诮。当盘儿飞到相当的时间，则当把生鸽或幼鸽掷于房上，盘儿见此，则往下飞。如欲训练生鸽或幼鸽，即当盘儿下落之际续入，随盘儿飞转几圈，就一齐落于房上，以免丢失。

以一鸽或二鸽掷于房上，招盘儿下来，叫做"垫"。

老鸽不限于随盘儿飞，有时被主人携到十数里之外去放，仍能飞回来。有时候卖出去，过一两月还能找到老家。

养鸽的人家，房脊上琉璃瓦两三块，一黄二绿，或二绿一黄，以作标帜。鸽们记得这个颜色与摆法，即不往生地方落。

新鸽买来，用线拢任翅儿，以防飞走。过几天，把翅儿松开些，使能打扑噜而不能高飞，掷之房上，使它认识环境。再过几天，看鸽性是强烈还是温柔而决定松绑的早晚。老鸽绑的日久，幼鸽绑的期短。松绑以后，就可以试着训练了。

鸽食很简单，通常都用高粱。到换毛的时候或极冷的时候才加些料豆儿。每天喂鸽最好有一定的次数。

住处也不需怎么讲究，普通的是用苇扎成个栅子，栅里再砌起窝来，每一窝放一草筐，够一对鸽住的。最要紧的是要干燥和安全。窝门不结实，或砌的不好，黄鼠狼就会半夜来偷鸽吃。窝干燥清洁，鸽不易得病；如得起病来，传染的很快，那可了不得。

该说鸽市。

对于鸽的食水，我没详说，因为在重要的点上大家虽差不多，可是每人都有自己的手法，不能完全相同；既是玩吗，个人总设法证明自己的方法最好。谈到鸽市，规矩可就是普通的了，示奇立异是行不通的。

在我幼时，天天有鸽市。我记得好像是这样：逢一五是在护国寺的后身，二六是在北新桥，三是土地庙，四是花市，七八是西城车儿胡同，九十是隆福寺外。每逢一五，是否在护国寺后身，我不敢说准了；想了半天，也想不起来。

鸽贩是每天必上市的。他们大约可分三种：第一种是阔手，只简单地拿着一个鸽笼，专买卖中上等的鸽子。第二种，挑着好几个笼，好歹不论，有利就买就卖。第三种是专买破鸽雏鸽与鸽蛋——送到饭庄当菜用，我最不喜欢这第三种，鸽子一到他们手里就算无望了。顶可怜是雏鸽，羽毛还没长全，可是已能叫人看出是不成材料的货，便入了死笼。雏鸽哆嗦着，被别的鸽压在笼底上，极细弱地叫着！再过几点钟便成了盘中的菜了。

此外，还有一种暗中做买卖而不叫别人知道的，这好像是票友使黑杵，虽已拿钱而不明言。这种人可不甚多。

闲余玩乐

养鸽的人到市上去，若是卖鸽，便也是提笼。若是去买鸽，既不知准能买到与否，自然不必拿着鸽笼。只去卖一二只鸽，或是买到一二只，既未提笼，就用手绢捆着鸽。

买鸽的时候，不见得准买一对。如家中有只雄的，没有伴儿，便去买只雌的；或者相反。因此，卖鸽的总说"公儿欢，母儿消"。所谓"欢"者，就是公鸽正想择配，见着雌的便咕咕地叫着追求。所谓"消"者，是雌鸽正想出嫁，有公鸽向她求爱，她就点头接受。买到欢公或消母，拿到家中即能马上结婚，不必费事。欢与消可以——若是有笼——当面试验。可是市上的鸽未必雄的都欢，雌的都消。况且有时两雄或两雌放在一处而充作一对儿卖。这可就得看买主的眼睛了。你本想去买一只欢公，而市上没有；可是有一只，虽不欢，但是合你的意。那么，也就得买这一只；现在不欢，过几天也许就欢起来。你怎么知道那是个公的呢？为买公鸽而去，却买了只母的回来，岂不窝囊得慌！市上是不甚讲道德的，没眼睛的就要受骗。

看鸽是这样的：把鸽拿在左手中，拢着鸽的翅与腿，用右手去托——托鸽的胸。鸽在此时，如瞪眼，即是公；

133

眨眼的，即是母。头大的是公，头小的是母。除辨别公母，鸽在手中也能觉出挺拔与否。真正的行家，拿起鸽来，还能看出鸽的血统正不正来，有的鸽，外表很好，而来路不正，将来下蛋孵窝，未必还能出好鸽。这个，我可不大深知，我没有多少经验。

　　看完了头部，要用手捋一捋鸽翅，看翅活动与否，有力没有，与是否有伤——有的鸽是被弩弹打过而翅子僵硬不灵的。对于峰、尾都要吹一吹，细看看，恐怕是假作的。都看好了，才讲价钱。半日之中，鸽受罪不少。所以真正好鸽，如鸽市上去卖，便放在笼内，只准看，不准动手，这显着硬气，可是鸽子的身分得真高；假如弄只破鸽而这么办，必会被人当笑话说。还有呢，好鸽保养的好，身上有一层白霜，像葡萄霜儿那样好看，经手一摸，便把霜儿蹭了去；所以不许动手。可是好鸽上市，即使不许人动，在笼中究竟要受损失，尾巴是最易磨坏的。所以要出手好鸽往往把买主请到家中来看，根本不到市上去。因此，市上实在见不着什么值钱的鸽子。

　　关于鸽，我想起这么些儿来，离详尽还远得很呢。就是这一点，恐怕还有说错了的地方；廿多年前的事是不易

闲余玩乐

老记得很清楚的。

  现在,粮食贵,有闲的人也少了,恐怕就还有养鸽的也不似先前那样讲究了。可是这也没什么可惜。我只是为述说而述说,倒不提倡什么国鸟国鸽的。

一九三五年四月

师说：痴玩雅趣

猫[①] / 郑振铎

我家养了好几次的猫，却总是失踪或死亡。三妹是最喜欢猫的，她常在课后回家时，逗着猫玩。有一次，从隔壁要了一只新生的猫来。花白的毛，很活泼，常如带着泥土的白雪球似的，在廊前太阳光里滚来滚去。三妹常常的，取了一条红带，或一根绳子，在它面前来回地拖摇着，它便扑过来抢，又扑过去抢。我坐在藤椅上看着他们，可以微笑着消耗过一二小时的光阴，那时太

---

① 原载一九二五年十一月十五日《文学周报》第一九九期。

阳光暖暖地照着，心上感着生命的新鲜与快乐。后来这只猫不知怎地忽然消瘦了，也不肯吃东西，光泽的毛也污涩了，终日躺在厅上的椅下，不肯出来。三妹想着种种方法去逗它，它都不理会。我们都很替它忧郁。三妹特地买了一个很小很小的铜铃，用红绫带穿了，挂在它颈下，但只觉得不相称，它只是毫无生意地，懒惰地，郁闷地躺着。有一天中午，我从编译所回来，三妹很难过地说道："哥哥，小猫死了！"

我心里也感觉一缕的酸辛，可怜这两个来相伴的小侣！当时只得安慰着三妹道，"不要紧，我再向别处要一只来给你。"

隔了几天，二妹从虹口舅舅家里回来，她道，舅舅那里有三四只小猫，很有趣，正要送给人家。三妹便怂恿她去拿一只来。礼拜天，母亲回来了，却带了一只浑身黄色的小猫回来。立刻三妹一部分的注意，又被这只黄色小猫吸引去了。这只小猫较第一只更有趣，更活泼。它在园中乱跑，又会爬树，有时蝴蝶安详地飞过时，它也会扑过去捉。它似乎太活泼了，一点也不怕生人，有时由树上跃到墙上，又跑到街上，在那里晒太阳。我们都很为它提心吊胆，一天都要"小猫呢？小猫呢？"的查问得好几次。每次总要寻找了一回，方才寻到。三妹常指它笑着骂道："你这小猫呀，要被乞丐捉去后才不会乱跑呢！"我回家吃午饭，总看见它坐在铁门外边，一见我进门，便飞也似的跑进去了。饭后的娱乐，是看它在爬树，隐身在阳光隐约里的绿叶中，好像在等待着要捕捉什么似的。把它捉了下来，又极快地爬上去了。过了二三个月，它会捉鼠了。有一次，居然捉到一只很肥大的鼠，自此，夜间便不再听见讨厌的吱吱的声了。

某一日清早，我起床来，披了衣下楼，没有看见小猫，在小园里找了一遍，也不见。心里便有些亡失的预警。

"三妹，小猫呢？"

她慌忙地跑下楼来，答道："我刚才也寻了一遍，没有看见。"

家里的人都忙乱地在寻找，但终于不见。

李妈道："我一早起来开门，还见它在厅上。烧饭时，才不见了它。"

大家都不高兴，好像亡失了一个亲爱的同伴，连向来不大喜欢它的张妈也说，"可惜，可惜，这样好的一只小猫。"

我心里还有一线希望,以为它偶然跑到远处去,也许会认得归途的。

午饭时,张妈诉说道:"刚才遇到隔壁周家的丫头,她说,早上看见我家的小猫在门外,被一个过路的人捉去了。"

于是这个亡失证实了。三妹很不高兴的,咕噜着道:"他们看见了,为什么不出来阻止?他们明晓得它是我家的!"

我也怅然的,愤然的,在诅骂着那个不知名的夺去我们所爱的东西的人。

自此,我家好久不养猫。

冬天的早晨,门口蜷伏着一只很可怜的小猫,毛色是花白的,但并不好看,又很瘦。它伏着不去。我们如不取来留养,至少也要为冬寒与饥饿所杀。张妈把它拾了进来,每天给它饭吃。但大家都不大喜欢它,它不活泼,也不像别的小猫之喜欢顽游,好像是具有天生的忧郁性似的,连三妹那样爱猫的,对于它,也不加注意。如此的,过了几个月,它在我家仍是一只若有若无的动物,它渐渐的肥胖了,但仍不活泼。大家在廊前晒太阳闲谈着时,它也常来蜷伏在母亲或三妹的足下。三妹有时也逗着它玩,但并没有对于前几只小猫那样感兴趣。有一天,它因夜里冷,钻到火炉底下去,毛被烧脱好几块,更觉得难看了。

春天来了,它成了一只壮猫了,却仍不改它的忧郁性,也不去捉鼠,终日懒惰地伏着,吃得胖胖的。

这时,妻买了一对黄色的芙蓉鸟来,挂在廊前,叫得很好听。妻常常叮嘱着张妈换水,加鸟粮,洗刷笼子。那只花白猫对于这一对黄鸟,似乎也特别注意,常常跳在桌上,对鸟笼凝望着。

妻道:"张妈,留心猫,它会吃鸟呢。"

张妈便跑来把猫捉了去。隔一会,它又跳上桌子对鸟笼凝望着了。

一天,我下楼时,听见张妈在叫道:"鸟死了一只,一条腿没有了,笼板上都是血。是什么东西把它咬死的?"

我匆匆跑下去看,果然一只鸟是死了,羽毛松散着,好像它曾与它的敌人挣扎了许久。

我很愤怒,叫道:"一定是猫,一定是猫!"于是立刻便去找它。

妻听见了,也匆匆地跑下来,看了死鸟,很难过,便道:"不是这猫咬死的还有谁?它常常对鸟笼望着,我早就叫张妈要小心了。张妈！你为什么不小心？！"

张妈默默无言，不能有什么话来辩护。

于是猫的罪状证实了。大家都去找这可厌的猫，想给它以一顿惩戒。找了半天，却没找到。我以为它真是"畏罪潜逃"了。

三妹在楼上叫道："猫在这里了。"

它躺在露台板上晒太阳，态度很安详，嘴里好像还在吃着什么，我想，它一定是在吃着这可怜的鸟的腿了，一时怒气冲天，拿起楼门旁倚着的一根木棒，追过去打了一下。它很悲楚地叫了一声"咪呜"便逃到屋瓦上了。

我心里还愤的，以为惩戒得还没有快意。

隔了几天，李妈在楼下叫道："猫，猫！又来吃鸟了。"同时我看见一只黑猫飞快地逃过露台，嘴里衔着一只黄鸟。我开始觉得我是错了！

我心里十分地难过，真的，我的良心受伤了，我没判断明白，便妄下断语，冤苦了一只不能说话辩诉的动物。想到它的无抵抗的逃避，益使我感到我的暴怒，我的虐待，都是针，刺我的良心的针！

我很想补救我的过失，但它是不能说话的，我将怎样的对它表白我的误解呢?

两个月后,我们的猫忽然死在邻家的屋脊上。我对于它的亡失,比以前的两只猫的亡失,更难过得多。

我永无改正我的过失的机会了!

自此,我家永不养猫。

一九二五年十一月七日于上海

闲余玩乐

夏天的昆虫[1] / 汪曾祺

蝈蝈

蝈蝈我们那里叫做"叫蛐子"。因为它长得粗壮结实，样子不大好看，还特别在前面加一个"侉"字，叫做"侉叫蛐子"。这东西就是会呱呱地叫。有时嫌它叫得太吵人了，在它的笼子上拍一下，它就大叫一声："呱！——"停止了。它什么都吃。据说吃了辣椒更爱叫，我就挑顶辣的辣椒喂它。早晨，掐了南瓜花（谎花）喂它，只是取其好看而已。

---

[1] 一九八七年《北京文学》第九期。

这东西是咬人的。有时捏住笼子，它会从竹篦的洞里咬你的指头肚子一口！

另有一种秋叫蛐子，较晚出，体小，通身碧绿如玻璃料，叫声清脆。秋叫蛐子养在牛角做的圆盒中，顶面有一块玻璃。我能自己做这种牛角盒子，要紧的是弄出一块大小合适的圆玻璃。把玻璃放在水盒里，用剪子剪，则不碎裂。秋叫蛐子价钱比侉叫蛐子贵得多。养好了，可以越冬。

叫蛐子是可以吃的。得是三尾的，腹大多子。扔在枯树枝火中，一会儿就熟了。味极似虾。

蝉

蝉大体有三类。一种是"海溜"，最大，色黑，叫声洪亮。这是蝉里的楚霸王，生命力很强。我曾捉了一只，养在一个断了发条的旧座钟里，活了好多天。一种是"嘟溜"，体较小，绿色而有点银光，样子最好看，叫声也好听："嘟溜——嘟溜——嘟溜"。一种叫"叽溜"，最小，暗赭色，也是因其叫声而得名。

蝉喜欢栖息在柳树上。古人常画"高柳鸣蝉"，是有道理的。

北京的孩子捉蝉用粘竿——竹竿头上涂了粘胶。我们小时候则用蜘蛛网。选一根结实的长芦苇,一头撅成三角形,用线缚住,看见有大蜘蛛网就一绞,三角里络满了蜘蛛网,很粘。瞅准了一只蝉,轻轻一捂,蝉的翅膀就被粘住了。

佝偻丈人承蜩,不知道用的是什么工具。

蜻蜓

家乡的蜻蜓有三种。

一种极大,头胸浓绿色,腹部有黑色的环纹,尾部两侧有革质的小圆片,叫做"绿豆钢"。这家伙厉害得很,飞时巨大的翅膀磨得嚓嚓地响。或捉之置室内,它会对着窗玻璃猛撞。

一种即常见的蜻蜓,有灰蓝色和绿色的。蜻蜓的眼睛很尖,但到黄昏后眼力就有点不济。它们栖息着不动,从后面轻轻伸手,一捏就能捏住。玩蜻蜓有一种恶作剧的玩法:掐一根狗尾巴草,把草茎插进蜻蜓的屁股,一撒手,蜻蜓就带着狗尾草的穗子飞了。

一种是红蜻蜓。不知道什么道理,说这是灶王爷的马。

另有一种纯黑的蜻蜓,身上、翅膀都是深黑色,我们叫它鬼蜻蜓，因为它有点鬼气。也叫"寡妇"。

刀螂

刀螂即螳螂。螳螂是很好看的。螳螂的头可以四面转动。螳螂翅膀嫩绿，颜色和脉纹都很美。昆虫翅膀好看的，为螳螂，为纺织娘。

或问：你写这些昆虫什么意思？答曰：我只是希望现在的孩子也能玩玩这些昆虫，对自然发生兴趣。现在的孩子大都只在电子玩具包围中长大，未必是好事。

一九八七年

社戏[①] / 鲁迅

我在倒数上去的二十年中,只看过两回中国戏,前十年是绝不看,因为没有看戏的意思和机会,那两回全在后十年,然而都没有看出什么来就走了。

第一回是民国元年我初到北京的时候,当时一个朋友对我说,北京戏最好,你不去见见世面吗?我想,看戏是有味的,而况在北京呢。于是都兴致勃勃地跑到什么园,戏文已经开场了,在外面也早听到咚咚地响。我们挨进门,

---
[①] 原载一九二二年十二月上海《小说月报》第十三卷第十二号。

几个红的绿的在我的眼前一闪烁,便又看见戏台下满是许多头,再定神四面看,却见中间也还有几个空座,挤过去要坐时,又有人对我发议论,我因为耳朵已经嗄嗄地响着了,用了心,才听到他是说"有人,不行!"

我们退到后面,一个辫子很光的却来领我们到了侧面,指出一个地位来。这所谓地位者,原来是一条长凳,然而他那坐板比我的上腿要狭到四分之三,他的脚比我的下腿要长过三分之二。我先是没有爬上去的勇气,接着便联想到私刑拷打的刑具,不由得毛骨悚然地走出了。

走了许多路,忽听得我的朋友的声音道,"究竟怎的?"我回过脸去,原来他也被我带出来了。他很诧异地说,"怎么总是走,不答应?"我说,"朋友,对不起,我耳朵只在咚咚嗄嗄地响,并没有听到你的话。"

后来我每一想到,便很以为奇怪,似乎这戏太不好,——否则便是我近来在戏台下不适于生存了。

第二回忘记了那一年,总之是募集湖北水灾捐而谭叫天还没有死。捐法是两元钱买一张戏票,可以到第一舞台去看戏,扮演的多是名角,其一就是小叫天。我买了一张票,本是对于劝募人聊以塞责的,然而似乎又有好事家乘机对我说了些叫天不可不看的大法要了。我于是忘了前几年的咚咚喤喤之灾,竟到第一舞台去了,但大约一半也因为重价购来的宝票,总得使用了才舒服。我打听得叫天出台是迟的,而第一舞台却是新式构造,用不着争座位,便放了心,延宕到九点钟才出去,谁料照例,人都满了,连立足也难,我只得挤在远处的人丛中看一个老旦在台上唱。那老旦嘴边插着两个点火的纸捻子,旁边有一个鬼卒,我费尽思量,才疑心他或者是目连的母亲,因为后来又出来了一个和尚。然而我又不知道那名角是谁,就去问挤在我的左边的一位胖绅士。他很看不起似的斜瞥了我一眼,说道,"龚云甫!"我深愧浅陋而且粗疏,脸上一热,同时脑里也制出了决不再问的定章,于是看小旦唱,看花旦唱,看老生唱,看不知什么角色唱,看一大班人乱打,看两三个人互打,从九点多到十点,从十点到十一点,从十一点到十一点半,从十一点半到十二点,——然而叫天竟还没有来。

　　我向来没有这样忍耐地等候过什么事物,而况这身边的胖绅士呼呼地喘气,这台上咚咚喤喤地敲打,红红绿绿地晃荡,加之已十二点,忽而使我省悟到在这里不适于生存了。我同时便机械地拧转身子,用力往外只一挤,觉得背后便已满满的,大约那弹性的胖绅士早在我的空处胖开了他的右半身了。我后无回路,自然挤而又挤,终于出了大门。街上除了专等看客的车辆之外,几乎没有什么行人了,大门口却还有十几个人昂着头看戏目,别有一堆人站着并不看什么,我想:他们大概是看散戏之后出来的女人们的,而叫天却还没有来……

然而夜气很清爽,真所谓"沁人心脾",我在北京遇着这样的好空气,仿佛这是第一遭了。

这一夜,就是我对于中国戏告了别的一夜,此后再没有想到他,即使偶尔经过戏园,我们也漠不相关,精神上早已一在天之南一在地之北了。

但是前几天,我忽在无意之中看到一本日本文的书,可惜忘记了书名和著者,总之是关于中国戏的。其中有一篇,大意仿佛说,中国戏是大敲,大叫,大跳,使看客头昏脑眩,很不适于剧场,但若在野外散漫的所在,远远地看起来,也自有他的风致。我当时觉着这正是说了在我意中而未曾想到的话,因为我确记得在野外看过很好的好戏,到北京以后的连进两回戏园去,也许还是受了那时的影响哩。可惜我不知道怎么一来,竟将书名忘却了。

至于我看那好戏的时候,却实在已经是"远哉遥遥"的了,其时恐怕我还不过十一二岁。我们鲁镇的习惯,本来是凡有出嫁的女儿,倘自己还未当家,夏间便大抵回到母家去消夏。那时我的祖母虽然还健康,但母亲也已分担了些家务,所以夏期便不能多日的归省了,只得在扫墓完毕后,抽空去住几天,这时我便每年跟了我的母亲住在外祖母的家里。那地方叫平桥村,是一个离海边不远,极偏僻的,临河的小村庄;住户不满三十家,都种田,打鱼,只有一家很小的杂货店。但在我是乐土;因为我在这里不但得到优待,又可以免念"秩秩斯干,幽幽南山"了。

和我一同玩的是许多小朋友,因为有了远客,他们也都从父母那里得了减少工作的许可,伴我来游戏。在小村里,一家的客,几乎也就是公共的。我们年纪都相仿,但论起行辈来,却至少是叔子,有几个还是太公,因为他们合村都同姓,是本家。然而我们是朋友,即使偶尔吵闹起来,打了太公,一村的老老小小,也决没有一个会想出"犯上"这两字上来,而他们也百分之九十九不识字。

我们每天的事情大概是掘蚯蚓,掘来穿在铜丝做的钩上,伏在河沿上去钓虾。虾是水世界里的呆子,决不惮用了自己的两个钳捧着钩尖送到嘴里去的，所以不半天便可以钓到一大碗。这虾照例是归我吃的。其次便是一同去放牛，但或者因为高等动物了的缘故罢，黄牛水牛都欺生，敢于欺侮我，因此我也总不敢走近身，只好远远地跟着，站着。这时候，小朋友们便不再原谅我会读"秩秩斯干"，却全都嘲笑起来了。

至于我在那里所第一盼望的，却是到赵庄去看戏。赵庄是离平桥村五里的较大的村庄，平桥村太小，自己演不起戏，每年总付给赵庄多少钱，算作合作的。当时我并不想到他们为什么年年要演戏。现在想，那或者是春赛，是社戏了。

就在我十一二岁时候的这一年，这日期也看看等到了。不料这一年真可惜，在早上就叫不到船。平桥村只有一只早出晚归的航船是大船，绝没有留用的道理。其余的都是小船，不合用；央人到邻村去问，也没有，早都给别人定下了。外祖母很气恼，怪家里的人不早定，絮叨起来。母亲便宽慰伊，说我们鲁镇的戏比小村里的好得多，一年看几回，今天就算了。只有我急得要哭，母亲却竭力地嘱咐我，说万不能装模装样，怕又招外祖母生气，又不准和别人一同去，说是怕外祖母要担心。

　　总之，是完了。到下午，我的朋友都去了，戏已经开场了，我似乎听到锣鼓的声音，而且知道他们在戏台下买豆浆喝。

　　这一天我不钓虾，东西也少吃。母亲很为难，没有法子想。到晚饭时候，外祖母也终于觉察了，并且说我应当不高兴，他们太怠慢，是待客的礼数里从来所没有的。吃饭之后，看过戏的少年们也都聚拢来了，高高兴兴地来讲戏。只有我不开口，他们都叹息而且表同情。忽然间，一个最聪明的双喜大悟似的提议了，他说，"大船？八叔的航船不是回来了么？"十几个别的少年也大悟，立刻撺掇起来，说可以坐了这航船和我一同去。我高兴了。然而外祖母又怕都是孩子们，不可靠；母亲又说是若叫大人一同去，他们白天全有工作，要他熬夜，是不合情理的。在这迟疑之中，双喜可又看出底细来了，便又大声地说道，"我写包票！船又大；迅哥儿向来不乱跑；我们又都是识水性的！"

　　诚然！这十多个少年，委实没有一个不会凫水的，而且两三个还是弄潮的好手。

　　外祖母和母亲也相信，便不再驳回，都微笑了。我们立刻一哄地出了门。

我的很重的心忽而轻松了,身体也似乎舒展到说不出的大。一出门,便望见月下的平桥内泊着一只白篷航船,大家跳下船,双喜拔前篙,阿发拔后篙,年幼的都陪我坐在舱中,较大的聚在船尾。母亲送出来吩咐"要小心"的时候,我们已经点开船,在桥石上一磕,退后几尺,即又上前出了桥。于是架起两支橹,一支两人,一里一换,有说笑的,有嚷的,夹着潺潺的船头激水的声音,在左右都是碧绿的豆麦田地的河流中,飞一般径向赵庄前进了。

两岸的豆麦和河底的水草所发散出来的清香,夹杂在水气中扑面地吹来;月色便朦胧在这水气里。淡黑的起伏的连山,仿佛是踊跃的铁的兽脊似的,都远远地向船尾跑去了,但我却还以为船慢。他们换了四回手,渐望见依稀的赵庄,而且似乎听到歌吹了,还有几点火,料想便是戏台,但或者也许是渔火。

那声音大概是横笛,婉转,悠扬,使我的心也沉静,然而又自失起来,觉得要和他弥散在含着豆麦蕴藻之香的夜气里。

那火接近了,果然是渔火;我才记得先前望见的也不是赵庄。那是正对船头的一丛松柏林,我去年也曾经去游玩过,还看见破的石马倒在地下,一个石羊蹲在草里呢。过了那林,船便弯进了叉港,于是赵庄便真在眼前了。

最惹眼的是屹立在庄外临河的空地上的一座戏台,模糊在远处的月夜中,和空间几乎分不出界限,我疑心画上见过的仙境,就在这里出现了。这时船走得更快,不多时,在台上显出人物来,红红绿绿地动,近台的河里一望乌黑的是看戏的人家的船篷。

"近台没有什么空了,我们远远地看罢。"阿发说。

这时船慢了,不久就到,果然近不得台旁,大家只能下了篙,比那正对戏台的神棚还要远。其实我们这白篷的航船,本也不愿意和乌篷的船在一处,而况并没有空地呢……

在停船的匆忙中,看见台上有一个黑的长胡子的背上插着四张旗,捏着长枪,和一群赤膊的人正打仗。双喜说,那就是有名的铁头老生,能连翻八十四个筋斗,他日里亲自数过的。

我们便都挤在船头上看打仗,但那铁头老生却又并不翻筋斗,只有几个赤膊的人翻,翻了一阵,都进去了,接着走出一个小旦来,咿咿呀呀地唱,双喜说,"晚上看客少,铁头老生也懈了,谁肯显本领给白地看呢?"我相信这话对,因为其时台下已经不很有人，乡下人为了明天的工作，熬不得夜，早都睡觉去了，疏疏朗朗地站着的不过是几十个本村和邻村的闲汉，乌篷船里的那些土财主的家眷固然在，然而他们也不在乎看戏，多半是专到戏台下来吃糕饼水果和瓜子的。所以简直可以算白地。

然而我的意思却也并不在乎看翻筋斗。我最愿意看的是一个人蒙了白布，两手在头上捧着一支棒似的蛇头的蛇精，其次是套了黄布衣跳老虎。但是等了许多时都不见，小旦虽然进去了，立刻又出来了一个很老的小生。我有些疲倦了，托桂生买豆浆去。他去了一刻，回来说，"没有。卖豆浆的聋子也回去了。日里倒有，我还喝了两碗呢。现在去舀一瓢水来给你喝罢。"

我不喝，支撑着仍然看，也说不出见了些什么，只觉得戏子的脸都渐渐有些稀奇了，那五官渐不明显，似乎融成一片的再没有什么高低。年纪小的几个多打呵欠了，大的也各管自己的谈话。然而一个红衫的小丑被绑在台柱子上，给一个花白胡子的用马鞭打起来了，大家才又振作精神地笑着看。在这一夜里，我以为这实在要算是最好的一折。

然而老旦终于出台了。老旦本来是我所最怕的东西，尤其是怕她坐下了唱。这时候，看见大家也都很扫兴，才知道他们的意见是和我一致的。那老旦当初还只是踱来踱去地唱，后来竟在中间的一把交椅上坐下了。我很担心；双喜他们却就破口喃喃地骂。我忍耐地等着，许多工夫，只见那老旦将手一抬，我以为就要站起来了，不料她却又慢慢地放下在原地方，仍旧唱。全船里几个人不住地吁气，其余的也打起呵欠来。双喜终于熬不住了，说道，怕他会唱到天明还不完，还是我们走的好罢。大家立刻都赞成，和开船时候一样踊跃，三四人径奔船尾，拔了篙，点退几丈，回转船头，架起橹，骂着老旦，又向那松柏林前进了。

　　月还没有落，仿佛看戏也并不很久似的，而一离赵庄，月光又显得格外的皎洁。回望戏台在灯火光中，却又如初来乍到的时候一般，又漂渺得像一座仙山楼阁，满被红霞罩着了。吹到耳边来的又是横笛，很悠扬；我疑心老旦已经进去了，但也不好意思说再回去看。

　　不多久，松柏林早在船后了，船行也并不慢，但周围的黑暗只是浓，可知已经到了深夜。他们一面议论着戏子，或骂，或笑，一面加紧地摇船。这一次船头的激水声更其响亮了，那航船，就像一条大白鱼背着一群孩子在浪花里蹿，连夜渔的几个老渔父，也停了艇子看着喝采起来。

离平桥村还有一里模样，船行却慢了，摇船的都说很疲乏，因为太用力，而且许久没有东西吃。这回想出来的是桂生，说是罗汉豆正旺相，柴火又现成，我们可以偷一点来煮吃的。大家都赞成，立刻近岸停了船，岸上的田里，乌油油的便都是结实的罗汉豆。

"阿阿，阿发，这边是你家的，这边是老六一家的，我们偷那一边的呢？"双喜先跳下去了，在岸上说。

我们也都跳上岸。阿发一面跳，一面说道，"且慢，让我来看一看罢，"他于是往来地摸了一回，直起身来说道，"偷我们的罢，我们大得多呢。"一声答应，大家便散开在阿发家的豆田里，各摘了一大捧，抛入船舱中。双喜以为再多偷，倘给阿发的娘知道是要哭骂的，于是各人便到六一公公的田里又各偷了一大捧。

我们中间几个年长的仍然慢慢地摇着船，几个到后舱去生火，年幼的和我都剥豆。不久豆熟了，便任凭航船浮在水面上，都围起来用手撮着吃。吃完豆，又开船，一面洗器具，豆荚豆壳全抛在河水里，什么痕迹也没有了。双喜所虑的是用了八公公船上的盐和柴，这老头子很细心，一定要知道，会骂的。然而大家议论之后，归结是不怕。他如果骂，我们便要他归还去年在岸边拾去的一枝枯柏树，而且当面叫他"八癞子"。

"都回来了！那里会错。我原说写包票的！"双喜在船头上忽而大声地说。

我向船头一望，前面已经是平桥。桥脚上站着一个人，却是母亲，双喜便是对伊说着话。我走出前舱去，船也就进了平桥了，停了船，我们纷纷都上岸。母亲颇有些生气，说是过了三更了，怎么回来得这样迟，但也就高兴了，笑着邀大家去吃炒米。

大家都说已经吃了点心，又渴睡，不如及早睡的好，各自回去了。

第二天，我向早才起来，并没有听到什么关系八公公盐柴事件的纠葛，下午仍然去钓虾。

"双喜，你们这班小鬼，昨天偷了我的豆了罢？又不肯好好地摘，踏坏了不少。"我抬头看时，是六一公公掉着小船卖了豆回来了，船肚里还有剩下的一堆豆。

"是的。我们请客。我们当初还不要你的呢。你看，你把我的虾吓跑了！"双喜说。

六一公公看见我，便停了楫，笑道，"请客？——这是应该的。"于是对我说，"迅哥儿，昨天的戏可好么？"

我点一点头，说道，"好。"

"豆可中吃呢？"

我又点一点头，说道，"很好。"

不料六一公公竟非常感激起来，将大拇指一翘，得意地说道，"这真是大市镇里出来的读过书的人才识货！我的豆种是粒粒挑选过的，乡下人不识好歹，还说我的豆比不上别人的呢。我今天也要送些给我们姑奶奶尝尝去……"他于是打着楫子过去了。

待到母亲叫我回去吃饭的时候，桌上便有一大碗煮熟了的罗汉豆，就是六一公公送给母亲和我吃的。听说他还对母亲极口夸奖我，说"小小年纪便有见识，将来一定要中状元。姑奶奶，你的福气是可以写包票的了。"但我吃了豆，却并没有昨夜的豆那么好。

真的，一直到现在，我实在再没有吃到那夜似的好豆——也不再看到那夜似的好戏了。

一九二二年十月

闲余玩乐

看花[1] / 朱自清

生长在大江北岸一个城市里,那儿的园林本是著名的,但近来却很少;似乎自幼就不曾听见过"我们今天看花去"一类话,可见花事是不盛的。有些爱花的人,大都只是将花栽在盆里,一盆盆搁在架上;架子横放在院子里。院子照例是小小的,只够放下一个架子;架上至多搁二十多盆花罢了。有时院子里依墙筑起一座"花台",台上种一株开花的树;也有在院子里地上种的。但这只是普通的点缀,

---

[1] 原载一九三〇年五月四日《清华周刊》第三十三卷第九期。

不算是爱花。

家里人似乎都不甚爱花；父亲只在领我们上街时，偶然和我们到"花房"里去过一两回。但我们住过一所房子，有一座小花园，是房东家的。那里有树，有花架（大约是紫藤花架之类），但我当时还小，不知道那些花木的名字；只记得爬在墙上的是蔷薇而已。园中还有一座太湖石堆成的洞门；现在想来，似乎也还好的。在那时由一个顽皮的少年仆人领了我去，却只知道跑来跑去捉蝴蝶；有时掐下几朵花，也只是随意挼弄着，随意丢弃了。至于领略花的趣味，那是以后的事：夏天的早晨，我们那地方有乡下的姑娘在各处街巷，沿门叫着，"卖栀子花来"。栀子花不是什么高品，但我喜欢那白而晕黄的颜色和那肥肥的个儿，正和那些卖花的姑娘有着相似的韵味。栀子花的香，浓而不烈，清而不淡，也是我乐意的。

我这样便爱起花来了。也许有人会问，"你爱的不是花吧？"这个我自己其实也已不大弄得清楚，只好存而不论了。

在高小的一个春天，有人提议到城外F寺里吃桃子去，而且预备白吃；不让吃就闹一场，甚至打一架也不在乎。

那时虽远在五四运动以前,但我们那里的中学生却常有打进戏园看白戏的事。中学生能白看戏,小学生为什么不能白吃桃子呢?我们都这样想,便由那提议人纠合了十几个同学,浩浩荡荡地向城外而去。到了F寺,气势不凡地呵叱着道人们(我们称寺里的工人为道人),立刻领我们向桃园里去。道人们踌躇着说:"现在桃树刚才开花呢。"但是谁信道人们的话?我们终于到了桃园里。大家都丧了气,原来花是真开着呢!这时提议人P君便去折花。道人们是一直步步跟着的,立刻上前劝阻,而且用起手来。但P君是我们中最不好惹的;"说时迟,那时快",一眨眼,花在他的手里,道人已踉跄在一旁了。那一园子的桃花,想来总该有些可看;我们却谁也没有想着去看。只嚷着,"没有桃子,得沏茶喝!"道人们满肚子委屈地引我们到"方丈"里,大家各喝一大杯茶,这才平了气,谈谈笑笑地进城去。大概我那时还只懂得爱一朵朵的栀子花,对于开在树上的桃花,是并不了然的;所以眼前的机会,便从眼前错过了。

  以后渐渐念了些看花的诗,觉得看花颇有些意思。但到北平读了几年书,却只到过崇效寺一次;而去得又嫌早些,那有名的一株绿牡丹还未开呢。北平看花的事很盛,看花的地方也很多；但那时热闹的似乎也只有一班诗人名士，其余还是不相干的。那正是新文学运动的起头，我们这些少年，对于旧诗和那一班诗人名士，实在有些不敬；而看花的地方又都远不可言，我是一个懒人，便干脆地断了那条心了。后来到杭州做事，遇见了Y君，他是新诗人兼旧诗人，看花的兴致很好。我和他常到孤山去看梅花。孤山的梅花是古今有名的，但太少；又没有临水的，人也太多。有一回坐在放鹤亭上喝茶，来了一个方面有须，穿着花缎马褂的人，用湖南口音和人打招呼道，"梅花盛开嗒！""盛"字说得特别重，使我吃了一惊；但我吃惊的也只是说在他嘴里"盛"这个声音罢了，花的盛不盛，在我倒并没有什么的。

有一回，Y来说，灵峰寺有三百株梅花；寺在山里，去的人也少。我和Y，还有N君，从西湖边雇船到岳坟，从岳坟入山。曲曲折折走了好一会，又上了许多石级，才到山上寺里。寺甚小，梅花便在大殿西边园中。园也不大，东墙下有三间净室，最宜喝茶看花；北边有座小山，山上有亭，大约叫"望海亭"吧，望海是未必，但钱塘江与西湖是看得见的。梅树确是不少，密密地低低地整列着。那时已是黄昏，寺里只我们三个游人；梅花并没有开，但那珍珠似的繁星似的骨朵儿，已经够可爱了；我们都觉得比孤山上盛开时有味。大殿上正做晚课，送来梵呗的声音，和着梅林中的暗香，真叫我们舍不得回去。在园里徘徊了一会，又在屋里坐了一会，天是黑定了，又没有月色，我们向庙里要了一个旧灯笼，照着下山。路上几乎迷了道，又两次三番地狗咬；我们的 Y 诗人确有些窘了，但终于到了岳坟。船夫远远迎上来道："你们来了，我想你们不会冤我呢！"在船上，我们还不离口地说着灵峰的梅花，直到湖边电灯光照到我们的眼。

　　Y 回北平去了，我也到了白马湖。那边是乡下，只有沿湖与杨柳相间种了一行小桃树，春天花发时，在风里娇媚地笑着。还有山里的杜鹃花也不少。这些日日在我们眼前，从没有人像煞有介事地提议，"我们看花去。"但有一位 S 君，却特别爱养花；他家里几乎是终年不离花的。我们上他家去，总看他在那里不是拿着剪刀修理枝叶，便是提着壶浇水。我们常乐意看着。他院子里一株紫薇花很好，我们在花旁喝酒，不知多少次。白马湖住了不过一年，我却传染了他那爱花的嗜好。但重到北平时，住在花事很盛的清华园里，接连过了三个春，却从未想到去看一回。只在第二年秋天，曾经和孙三先生在园里看过几次菊花。"清华园之菊"是著名的，孙三先生还特地写了一篇文，画了好些画。但那种一盆一干一花的养法，花是好了，总觉没有天然的风趣。直到去年春天，有了些余闲，在花开前，先向人问了些花的名字。一个好朋友是从知道姓名起的，我想看花也正是如此。恰好Y君也常来园中，我们一天三四趟地到那些花下去徘徊。今年Y君忙些，我便一个人去。我爱繁花老干的杏，临风婀娜的小红桃，贴梗累累如珠的紫荆；但最恋恋的是西府海棠。海棠的花繁得好，也淡得好；艳极了，却没有一丝荡意。疏疏的高干子，英气隐隐逼人。可惜没有趁着月色看过；王鹏运有两句词道："只愁淡月朦胧影，难验微波上下潮。"我想月下的海棠花，大约便是这种光景吧。为了海棠，前两天在城里特地冒了大风到中山公园去，看花的人倒也不少；但不知怎的，却忘了畿辅先哲祠。Y告我那里的一株，遮住了大半个院子；别处的都向上长，这一株却是横里伸张的。花的繁没有法说；海棠本无香，昔人常以为恨，这里花太繁了，却酝酿出一种淡淡的香气，使人久闻不倦。Y告我，正是刮了一日还不息的狂风的晚上；他是前一天去的。他说他去时地上已有落花了，这一日一夜的风，准完了。他说北平看花，是要赶着看的：春光太短了，又晴的日子多；今年算是有阴的日子了，但狂风还是逃不了的。我说北平看花，比别处有意思，也正在此。这时候，我似乎不甚菲薄那一班诗人名士了。

一九三〇年四月

师说：痴玩雅趣

花会[①] / 朱光潜

　　紫陌红尘拂面来，无人不道看花回。

　　　　　　　　　　　　——刘禹锡

　　成都整年难得见太阳，全城的人天天都埋在阴霾里，像古井阑的苔藓，他们浑身染着地方色彩，浸润阴幽，沉寂，永远在薄雾浓云里度过他们的悠悠岁月。他们好闲，却并

[①] 载一九三八年五月《工作》第四期。

不甘寂寞,吃饭,喝茶,逛街,看戏,都向人多的处所挤。挤来挤去,左右不过是那几个地方。早上坐少城公园的茶馆,晚上逛春熙路,西东大街以及满街挂着牛肉的皇城坝,你会想到成都人没有在家里坐着的习惯,有闲空总得出门,有热闹总得挨凑进去。成都人的生活可以说是"户外的",但是同时也是"城里的"。翻来覆去,总跳不出这个城圈子。五十万的人口,几十方里的面积,形成一种大规模的蜂巢蚁穴。所以表面看来,车如流水马如龙,无处不是骚动,而实际上这种骚动只是蛰伏式的蠕动,像成都一位老作家所说的"死水微澜"。

  花会时节是成都人的惊蛰期。举行花会的地方是西门外的青羊宫。这座大道观据说是从唐朝遗留下来的。花会起于何朝何代,尚待考据家去推断,大概来源也很早。成都的天气是著名的阴沉,但在阳春三月,风光却特别明媚。春来得迟,一来了,气候就猛然由温暖而热燥,所以在其他地带分季开放的花卉在成都却连班出现。梅花茶花没有谢,接着就是桃杏,桃杏没有谢,接着就是木槿芫兰芍药。在三月里你可以同时见到冬春夏三季的花。自然,最普遍的花要算菜花。成都大平原纵横有五六百里路之广。三月间登高一望，视线所能达到的地方尽是菜花麦苗，金黄一片，杂以油绿，委实是一种大观。在太阳之下，花光草色如怒火放焰，闪闪浮动，固然显出山河浩荡生气蓬勃的景象，有时春阴四布，小风薄云，苗青鹊静，亦别有一番清幽情致。这时候成都人，无论是男女老少，便成群结队地出城游春了。

游春自然是赶花会。花会之名并不副实。陈列各种时花的地方是庙东南一个偏僻的角落。所陈列的不过是一些普通花卉，并无名品，据说今年花会未经政府提倡，没有往年的热闹，外县以及本城的名园都没有把他们的珍品送来。无论如何，到花会来的人重要目的并不在看花而在凑热闹看人。成都人究竟是成都人，丢不开那古老城市的风俗习惯。花会场所还是成都城市的具体而微。古董摊和书画摊是成都搬来的会府和西玉龙街，铜铁摊是成都搬来的东御街，著名的吴抄手在此有临时分店，临时茶馆菜馆面馆更简直都还是成都城里的那种气派。每个菜馆后面差不多都有个篾篷，一个大篾箱似的东西只留着一个方孔做门，门上挂着大红布帘。里面锣鼓喧聒，川戏，相声，洋琴，大鼓，杂耍，应有尽有。纵横不过一里的地方，除着成都城里所有的形形色色之外,还有乡下人摆的竹器木器花根谷种以至于锄头菜刀水桶烟杆之类。地方小,花样多,所以挤,所以热闹。大家来此,吃,喝,买,卖,耍,看,城里人来看乡下人,乡下人来看城里人,男的来看女的,女的来看男的。好一幅仇十洲的清明上河图,虽然它所表现的不尽是太平盛世的攘往熙来的盛况。

除掉几条繁盛街道之外,成都在大体上还保存着古代城市的原始风味。舶来品尽管在电光闪烁之下惊心夺目,在幽暗僻静的街道里,铜铁匠还是用钉锤锻生铜制锅、制水烟袋,织工们还是在竹框撑紧的蜀锦上一针一线地绣花绣鸟。所有的道地的工商业都还是手工品的工商业。他们的制法和用法都有很长久的传统做基础。要是为实用的,它们必定是坚实耐久;要是为玩耍的,它们必定是精细雅致。一个水桶的提手横木可以粗得像屋梁,一茎狗尾草叶可以编成口眼脚翅全具的蚱蜢或蜻蜓。只要你还保存有几分稚气,花会中所陈列的这些大大小小的物品件件都很可以使你流连。假如你像我的话,有一个好玩的小孩子,你可注意的东西就更多,风车,泥人,木马,小花篮,以及许多形形色色的小玩具都可以使你自慰不虚此行。此外,成都

171

人古董书画之癖在花会里也可以略窥一二。老君堂的里外前后的墙壁都挂满字画，台阶上都摆满碑帖。自然，像一般的中国人，成都人也很会制造假古董，也很喜欢买假古董。花会之盛，这也是一个原因。

花会之盛还另有一个原因，就是在一般人心理中，青羊宫里所供奉的那位李老君是神通广大的道教祖。青羊者据说是李老君西升后到成都显圣所骑的牲畜。后人纪念这个圣迹，立祠奉祀。于今青羊宫正殿里还有两头青铜铸成的羊子，一牝一牡，牝左牡右。单讲这两匹羊的形样，委实是值得称赞的艺术品。到花会的人少不得都要摸一摸这两匹羊。据说有病的人摸它们一摸，病就会自然痊愈。摸的地方也有讲究，头病摸头脚病摸脚，错乱不得。古往今来病头病脚以及病非头非脚的地方者大概不少，所以于今这两匹羊周身被摸得精光。羊尚如此，老君本人可知，于是老君堂上满挂着前朝巡抚提督现代省长督军亲书或请人代书的匾额。金光四耀，煞是妙相庄严，到此不由人不肃然起敬，何况青羊宫门坎之高打破任何记录！祈财，祈子，祈福，祈寿，祈官，都得爬过这高门坎向老君进香。爬这高门坎的身手不同，奇态便不免百出。七八十岁的老太太须得放下拐杖,用双手伏在门坎上,然后徐徐把双脚迈过去。至于摩登小姐也有提起旗袍叉口,一大步就迈过去的。大殿上很整秩地摆着一列又一列的棕制蒲团。跪在蒲团上捧香默祷的有乡下佬,有达官富商,也有脚踏高跟皮鞋襟口挂着自来水笔的摩登小姐,如上文所云一大步就迈过门户坎的。在这里新旧两代携手言欢,各表心愿。香炉之旁,例有钱桶。花会时钱桶易满。站在香炉旁烧香的道士此时特别显得油光滑面,喜笑颜开。"临邛道士鸿都客,能以精诚致魂魄",此风至今未泯也。

成都素有小北平之称。熟习北平的人看到花会自然联想到厂甸的庙会,它们都是交易、宗教、游玩打成一片的。单就陈列品说,厂甸较为丰富精美,但是就天时与地利说,成都花会赶春天在乡村举行,实在占不少的便宜。逛花会不尽是可以凑热闹,买玩艺儿,祈财求子,还可以趁风和日暖的时候吐一吐城市的秽浊空气,有如古人的修禊,青羊宫本身固然也不很清洁,那里人山人海中的空气也不见得清新。可是花会逛过了,沿着城西郊马路回城,或是刚出城时沿着城西郊赴花会,平畴在望,清风徐来,路右边一阵又一阵的男男女女带着希望去,左边一阵又一阵的男男女女提着风车或是竹篮回来,真所谓"无边光景一时新",你纵是老年人,也会觉得年轻十岁了。人过中年,难得常有这样少年的兴致。让我赞美这成都花会啊!

一九三八年

草木春秋[①]/汪曾祺

木芙蓉

浙江永嘉多木芙蓉。市内一条街边有一棵,干粗如电线杆,高近二层楼,花多而大,他处少见。楠溪江边的村落,村外、路边的茶亭(永嘉多茶亭,供人休息、喝茶、聊天)檐下,到处可以看见芙蓉。芙蓉有一特别处,红白相间。初开白色,渐渐一边变红,终至整个的花都是桃红的。花期长,掩映于手掌大的浓绿的叶丛中,欣然有生意。

---

① 载一九九七年《收获》第一期。

我曾向永嘉市领导建议，以芙蓉为永嘉市花，市领导说永嘉已有市花，是茶花。后来听说温州选定茶花为温州市花，那么永嘉恐怕得让一让。永嘉让出茶花，永嘉市花当另选。那么，芙蓉被选中，还是有可能的。

永嘉为什么种那么多木芙蓉呢？问人，说是为了打草鞋。芙蓉的树皮很柔韧结实，剥下来撕成细条，打成草鞋，穿起来很舒服，且耐走长路，不易磨通。

现在穿树皮编的草鞋的人很少了，大家都穿塑料凉鞋、旅游鞋。但是到处都还在种木芙蓉，这是一种习惯。于是芙蓉就成了永嘉城乡一景。

南瓜子豆腐和皂角仁甜菜

在云南腾冲吃了一道很特别的菜。说豆腐脑不是豆腐脑，说鸡蛋羹不是鸡蛋羹。滑、嫩、鲜，色白而微微带点浅绿，入口清香。这是豆腐吗？是的，但是用鲜南瓜子去壳磨细"点"出来的。很好吃。中国人吃菜真能别出心裁，南瓜子做成豆腐，不知是什么朝代，哪一位美食家想出来的！

席间还有一道甜菜，冰糖皂角米。皂角，我的家乡颇多。一般都用来泡水，洗脸洗头，代替肥皂。皂角仁蒸熟，妇女绣花,把绒在皂仁上"光"一下,绒不散,且光滑,便于入针。没有吃它的。到了昆明,才知道这东西可以吃。昆明过去有专卖蒸菜的饭馆,蒸鸡、蒸排骨,都放小笼里蒸,小笼垫底的是皂角仁,蒸得了晶莹透亮,嚼起来有韧劲,好吃。比用红薯、土豆衬底更有风味。但知道可以做甜菜,却是在腾冲。这东西很滑,进口略不停留,即入肠胃。我知道皂角仁的"物性",警告大家不可多吃。一位老兄吃得口爽,弄了一饭碗,几口就喝了。未及终席,他就奔赴厕所,飞流直下起来。

皂角仁卖得很贵,比莲子、桂圆、西米都贵,只有卖干果、山珍的大食品店才有得卖,普通的副食店里是买不到的。

近几年时兴"皂角洗发膏",皂角恢复了原来的功能,这也算是"以故为新"吧。

车前子

车前子的样子很有趣。叶贴地而长,近卵形,有长柄。在自由伸向四面的叶丛中央抽出细长的花梗,顶端有穗形花序,直立着。穗不多,少的只有一穗。画家常画之为点缀。程十发即喜画。动画片中好像少不了它。不知道为什么,这东西有一种童话情趣。

车前子可利小便,这是很多农民都知道的。

张家口的山西梆子剧团有一个唱"红"(老生)的演员,经常在几县的"堡"(张家口人称镇为"堡")演唱,不受欢迎,农民给他起了个外号:"车前子"。怎么给他起了这么个外号呢?因为他一出台,农民观众即纷纷起身上厕所,这位"红"利小便。

这位唱"红"的唱得起劲,观众就大声喊叫:"快去,快,赶紧拿咸菜!"这又是怎么回事呢?吃白薯吃得太多了,烧心反胃,嚼一块咸菜就好了。这位演员的嗓音叫人听起来烧心。

农民有时是很幽默的。

搞艺术的人千万不能当"车前子",不能叫人烧心反胃。

紫穗槐

在戴了"右派分子"的帽子以后,我曾经被发到西山种树。在石多土少的山头用镢头刨坑。实际上是在石头上硬凿出一个一个的树坑来,再把凿碎的砂石填入,用九齿耙搂平。山上寸土寸金,树坑就山势而凿,大小形状不拘。

这是个非常重的活。我成了"右派"后所从事的劳动,以修十三陵水库和这次西山种树的活最重。那真是玩了命。

一早,就上山,带两个干馒头、一块大腌萝卜。顿顿吃大腌萝卜,这不是个事。已经是秋天了,山上的酸枣熟了,我们摘酸枣吃。草里有蝈蝈,烧蝈蝈吃!蝈蝈得是三尾的,腹大,多子。一会儿就能捉半土筐。点一把火,把蝈蝈往火里一倒,劈劈剥剥,熟了。咬一口大腌萝卜,嚼半个烧蝈蝈,就馒头,香啊。人不管走到哪一步,总得找点乐子,想一点办法,老是愁眉苦脸的,干吗呢!

我们刨了坑,放着,当时不种,得到明年开了春,再种。据说要种的是紫穗槐。

紫穗槐我认识,枝叶近似槐树,抽条甚长,初夏开紫花,花似紫藤而颜色较紫藤深,花穗较小,瓣亦稍小。风摇紫穗,姗姗可爱。

紫穗槐的枝叶皆可为饲料,牲口爱吃,上膘。条可编筐。

刨了约二十多天树坑,我就告别西山八大处回原单位等候处理,从此再也没有上过山。不知道我们刨的那些坑里种上紫穗槐了没有。再见,紫穗槐!再见,大腌萝卜!再见,蝈蝈!

阿格头子灰背青

敕勒川，
阴山下。
天似穹庐，
笼盖四野。
天苍苍，
野茫茫，
风吹草低见牛羊。

北齐斛律金这首用鲜卑语唱的歌公认是北朝乐府的杰作，写草原诗的压卷之作，苍茫雄浑，前无古人，后无来者。一千多年以来，不知道有多少"南人"，都从"风吹草低见牛羊"一句诗里感受到草原景色，向往不已。

但是这句诗有夸张成分，是想象之词。真到草原去，是看不到这样的景色的。我曾四下内蒙，到过呼伦贝尔草原，达茂旗的草原，伊克昭盟的草原，还到过新疆的唐巴拉牧场，都不曾见过"风吹草低见牛羊"。张家口坝上沽源的草原的草，倒是比较高，但也藏不住牛羊。论好看，要数沽源的草原好看。草很整齐,叶细长,好像梳过一样,风吹过,起伏摇摆如碧浪。这种草是什么草?问之当地人,说是"碱草",我怀疑这可能是"草菅人命"的"菅"。"碱草"的营养价值不是很高。

营养价值高的牧草有阿格头子、灰背青。

陪同我们的老曹唱他的爬山调:

阿格头子灰背青,

四十五天到新城。

他说灰背青,叶子青绿而背面是灰色的。"阿格头子"是蒙古话。他拔起两把草叫我们看,且问一个牧民:

"这是阿格头子吗?"

"阿格!阿格!"

这两种草都不高,也就三四寸,几乎是贴地而长。叶片肥厚而多汁。

"阿格头子灰背青,四十五天到新城。"老曹年轻时拉过骆驼,从呼和浩特驮货到新疆新城,一趟得走四十五天。那么来回就得三个月。在多见牛羊少见人的大草原上,拉着骆驼一步一步地走,这滋味真难以想像。

老曹是个有趣的人。他的生活知识非常丰富,大青山的药材、草原上的草,他没有不认识的。他知道很多故事,很会说故事。单是狼,他就能说一整天。都是实在经验过的,并非道听途说。狼怎样逗小羊玩,小羊高了兴,跳起来,过了圈羊的荆笆,狼一口就把小羊叼走了;狼会出痘,老狼把出痘子的小狼用沙埋起来,只露出几个小脑袋;有一个小号兵掏了三只小狼羔子,带着走,母狼每晚上跟着部队,哭,后来怕暴露部队目标,队长说服小号兵把小狼放了……老曹好说,能吃,善饮,喜交游。他在大青山打过游击,山里的堡垒户都跟他很熟,我们的吉普车上下山,他常在路口叫司机停一下,找熟人聊两句,帮他们买拖拉机,解决孩子入学……我们后来拜访了布赫同志,提起老曹,布赫同志说:"他是个红火人。""红火人"这样的说法,我在别处没有听见过。但是用之于老曹身上,很合适。

老曹后来在呼市负责林业工作。他曾到大兴安岭调查,购买树种,吃过犴鼻子(他说犴鼻子黏性极大,吃下一块,上下牙粘在一起,得使劲张嘴,才能张开。他做了一个当时使劲张嘴的样子,很滑稽)、飞龙。他负责林业时,主要的业绩是在大青山山脚至市中心的大路两侧种了杨树,长得很整齐健旺。但是他最喜爱的是紫穗槐,是个紫穗槐迷,到处宣传紫穗槐的好处。

"文化大革命",内蒙大搞"内人党"问题,手段极其野蛮残酷,是全国少有的重灾区。老曹在劫难逃。他被捆押吊打,打断了踝骨。后经打了石膏,幸未致残,但是走起路来一拐一拐的。他还是那么"红火",健谈豪饮。

老曹从小家贫,"成分"不高。他拉过骆驼,吃过很多苦。他在大青山打过游击,无历史问题,为什么要整他,要打断他的踝骨?为什么?

阿格头子灰背青,
四十五天到新城。

花和金鱼

从东珠市口经三里河、河舶厂,过马路一直往东,是一条横街。这是北京的一条老街了。也说不上有什么特点,只是有那么一种老北京的味儿。有些店铺是别的街上没有的。有一个每天卖豆汁儿的摊子,卖焦圈儿、马蹄烧饼,水疙瘩丝切得细得像头发。这一带的居民好像特别爱喝豆汁儿,每天晌午,有一个人推车来卖,车上搁一个可容一担水的木桶,木桶里有多半桶豆汁儿。也不吆喝,到时候就来了,老太太们准备好了坛坛罐罐等着。马路东有一家卖鞭哨、皮条、钢绳等等骡车马车上用的各种配件。北京现在大车少了,来买的多是河北人。看了店堂里挂着的挺老长的白色的皮条、两股坚挺的竹子拧成的鞭哨,叫人有点说不出来的感动。有一家铺子在一个高台阶上,门外有一块小匾,写着"惜阴斋"。这是卖什么的呢?我特意上了台阶走进去看了看:是专卖老式木壳自鸣钟、怀表的,兼营擦洗钟表油泥,修配发条、油丝。"惜阴"用之于钟表店,挺有意思,不知是哪位一方名士给写的匾。有一个茶叶店,也有一块匾:"今雨茶庄"(好几个人问过我这是什么意思)。其实这是一家夫妻店,什么"茶庄"!

两口子,有五十好几了,经营了这么个"茶庄"。他们每天的生活极其清简。大妈早起攒炉子、生火、坐水、出去买菜。老爷子扫地,擦拭柜台,端正盆花金鱼。老两口都爱养花、养鱼。鱼是龙睛,两条大红的,两条蓝的(他们不爱什么红帽子、绒球……)。鱼缸不大,飘着笀草。

花四季更换。夏天，茉莉、珠兰（熟人来买茶叶，掌柜的会摘几朵鲜茉莉花或一小串珠兰和茶叶包在一起）；秋天，九花（老北京人管菊花叫"九花"）；冬天，水仙、天竺果。我买茶叶都到"今雨茶庄"买，近。我住河舶厂，出胡同口就是。我每次买茶叶，总爱跟掌柜的聊聊，看看他的花。花并不名贵，但养得很有精神。他说："我不瞧戏，不看电影，就是这点爱好。"

我被打成了"右派"，就离开了河舶厂。过了十几年，偶尔到三里河去，想看"今雨茶庄"还在不在，没找到。问问老住户，说："早没有了！"——"茶叶店掌柜的呢？"——"死了！叫红卫兵打死了！"——"干吗打他？"——"说他是小业主；养花养鱼是'四旧'。老伴没几天也死了，吓死的！——这他妈的'文化大革命'！这叫什么事儿！"

一九九六年十月二十八日

师说：痴玩雅趣

打弹子[①]／朱湘

打弹子最好是在晚上，一间明亮的大房子，还没有进去的时候，已经听到弹子相碰的清脆声音。进房之后，看见许多张紫木的长台平列排着，鲜红的与粉白的弹子在绿色的呢毯上滑走。整个台子在雪亮的灯光下照得无微不见，连台子四围上边嵌镶的菱形螺钿都清晰地显出。许多的弹竿笔直地竖在墙上。衣钩上面有帽子，围巾，大氅。还有好几架钟，每架下面是一个算盘——听哪，答拉一响，正

[①] 选自《中书集》。写作时间不详。

对着门的那个算盘上面,一下总加了有二十开外的黑珠。计数的伙计一个个站在算盘的旁边。

也有伙计陪着单身的客人打弹子。这样的伙计有两种,一种是陪已经打得很好的熟客打,一种是陪才学的生客打。陪熟客打的,一面低了头运用竿子,一面向客人嘻笑地说:"你瞅吧!这竿儿再赶不上你,这碗儿饭就不吃啦!"陪生客打的,看见客人比了大半天,竿子总抽上了有十来趟,归根还是打在第一个弹子的正面就不动了,他看着时候,说不定心里满觉得这位客人有趣,但是脸上绝不露出一丝笑容,只随便地带说一句,"你这球要低竿儿打红奔白就得啦。"

打弹子的人有穿灰色爱国布罩袍的学生,有穿藏青花呢西服的教员,有穿礼服呢马褂淡青哔叽面子羊皮袍的衙门里人。另有一个,身上是浅色花缎的皮袍,左边的袖子撸了起来,露出细泽的灰鼠里子,并且左手的手指上还有一只耀目的金戒指。这想必是富商的儿子罢。这些人里面,有的面呈微笑,正打眼着"眼镜"。有的把竿子放去背后,做出一个优美的姿势来送它。有的这竿已经有了,右掌里握着的竿子从左手手面上顺溜地滑过去,打的人的身子也跟着灵动地扭过,再准备打下一竿。

"您来啦!您来啦!"伙计们在我同子离掀开青布棉花帘子的时候站起身,来把我们的帽子接了过去。"喝茶?龙井,香片?"

弹子摆好了,外面一对白的,里面一对红的。我们用粉块擦了一擦竿子的头,开始游戏了。

这些红的、白的弹子在绿呢上无声地滑走,很像一间宽敞的厅里绿毡氉上面舞蹈着的轻盈的美女。她披着鹅毛一样白的衣裳,衣裳上面绣的是金线的牡丹,柔软的细腰上系着一条满缀宝石的红带,头发扎成一束披在背后,手中握着一对孔雀毛,脚上穿的是一双红色的软鞋。脚尖矫捷地在绿毡氉上轻点着,一刻来了厅的这方,一刻去了厅的那方,一点响声也听不出,只偶尔有衣裳的窸窣,环佩的丁当,好像是替她的舞蹈按着拍子一样。

这些白的、红的弹子在绿呢上活泼地驰行,很像一片草地上有许多盛服的王孙公子围着观看的一双斗鸡。它们头顶上戴的是血一般红的冠。它们弯下身子,拱起颈,颈上的一圈毛都竦了起来,尾巴的翎毛也一片片地张开。它们一刻退到后头,把身体蜷伏起来,一刻又奔上前去,把两扇翅膀张开,向敌人扑啄。四围的人看得呆了,只在得胜的鸡骄扬地叫出的时候,他们才如梦初醒,也跟着同声地欢呼起来。

弹子在台上盘绕,像一群红眼珠的白鸽在蔚蓝的天空上面飘扬。弹子在台上旋转,像一对红眼珠的白鼠在方笼的架子上面翻身。弹子在台上溜行,像一只红眼珠的白兔在碧绿的草原上面飞跑。

还记得是三年前第一次跟了三哥学打弹子,也是在这一家。现在我又来这里打弹子了,三哥却早已离京他往。在这种乱的时世,兄弟们又要各自寻路谋生,离合是最难预说的了;知道还要多少年,才能兄弟聚首,再品一盘弹子呢?

正这样想着的时候,看见一对夫妇,同两个二十左右的女子,带着三个小孩子,一个老妈子,进来了球房:原来是夫妻俩来打弹子的。他们开盘以后,小孩子们一直站在台子旁边看热闹,并且指东问西,嘴说手画,兴头之大,真不下似当局的人。问的没有得到结果的时候,还要牵住母亲的裙子或者抓住她的弹竿唠叨地尽缠;被父亲呵了几句,才暂时静下一刻,但是不到多久,又哄起来了。

189

事情凑巧：有一次轮到父亲打，他的白球在他自己面前，别的三个都一齐靠在小孩子们站的这面的边上，并且聚拢在一起，正好让他打五分的，哪晓得这三个孩子看见这些弹子颜色鲜明得可爱，并且圆溜溜的好玩，都伸出双手踮起脚尖来抢着抓弹子；有一个孩子手掌太小，一时抓不起弹子来，他正在抓着的时候，父亲的弹子已经打过来了，手指上面打中一下，痛得呱呱地大哭起来。老妈子看到，赶紧跑过来把他抱去了茶几旁边，拿许多糖果哄他止哭。那两个孩子看见父亲的神气不对，连忙双手把弹子放回原处，也悄悄地偷回去茶几旁边坐下了。母亲连忙说，"一个孩子已经够嚷的啦。咱们打球吧。"父亲气也不好，不气也不好，狠狠地盯了那两个孩子一跟，盯得他们在椅子上面直扭，他又开始打他的弹子了。

在这个当儿，子离正向我谈着"弹子经"。他说："打得妙的时候，一竿子可以打上整天。"他看见我的嘴张了一张，连忙接着说下："他们工夫到家的妙在能把四个球都赶上一个台角里边去，而后轻轻地慢慢地尽碰。"我说："这未免太不'武'了！大来大往，运用一些奇兵，才是我们的本色！"子离笑了一笑，不晓得他到底是赞成我的议论呀还是不赞成。其实，我自己遇到了这种机会的时候，也不肯轻易放过，所惜本领不高，只能连个几竿罢了。

我们一面自己打着弹子，一面看那对夫妇打。大概是他们极其客气，两人都不愿占先的缘故，所以结果是算盘上的黑珠有百分之八十都还在右头。我向四围望了一眼，打弹子的都是男人，女子打的只这一个，并且据我过去的一点经验而言，女子上球房我这还是第一次看见。我想了一想，不觉心里奇怪起来："女子打弹子，这是多么美的一件事！毡毹的平滑比得上她们肤容的润泽，弹竿的颀长比得上她们身段的苗条；弹子的红像她们的唇，弹子的白像她们的脸；她们的眼珠有弹丸的流动，她们的耳珠有弹丸的匀圆。网球在女界通行了，连篮球都在女界通行了，为什么打弹子这最美的、最适于女子玩耍的，最能展露出她身材的曲线美的一种游戏反而被她们忽视了呢？"哪晓得我这样替弹子游戏抱着不平的时候，反把自己的事情耽误了，原来我这样心一分，打得越坏，一刻工夫已经被子离赶上去半趟，总共是多我一趟了。

现在已经打了很久了，歇下来看别人打的时候，自家的脑子里面都是充满着角度的纵横的线。我坐在茶几旁边，把我的眼睛所能见到的东西都拿来心里面比量,看要用一个什么角度才能打着。在这些腹阵当中,子离口噙的烟斗都没有逃去厄难。有一次我端起茶杯来的时候曾经这样算过:"这茶杯作为我的球,高竿,薄球,一定可以碰茶壶,打到那个人头上的小瓜皮帽子。不然,厚一点,就打对面墙上那架钟。"

钟上的计时针引起了我的注意,现在时间已经不早了。我向子离说,"这个半点打完,我们走吧。"

"三点!一块找!要辅币!手巾!……谢谢您!您走啦!您走啦!"

临走出球房的时候,听到那一对夫妻里面的妻子说,"有啦!打白碰到红啦!"丈夫提出了异议。但是旁观的两个女郎都帮她,"嫂嫂有啦!哥哥别赖!"